골동
기담집

아름답고 기이하고 슬픈
옛이야기 스무 편

이 도서의 국립중앙도서관 출판예정도서목록(CIP)은 서지정보유통지원시스템 홈
페이지(http:// seoji.nl.go.kr)와 국가자료공동목록시스템(http://www.nl.go.kr/
kolisnet)에서 이용하실 수 있습니다. (CIP2019024161)

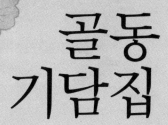

골동
기담집

아름답고 기이하고 슬픈
옛이야기 스무 편

고이즈미 야쿠모

김영배 옮김

허클베리북스

일러두기

— 이 책은 고이즈미 야쿠모(小泉八雲)가 1902년 출간한 책인 *Kottō : being Japanese curios, with sundry cobwebs*, (McMillan & Co. Ltd., London, 1902.)를 번역한 책입니다.

— 단행본 제목은 『　』, 문서와 시의 제목은 「　」, 신문과 잡지 등 정기간행물은 ≪　≫, 영화와 연극 제목은 〈　〉로 구분해 표기하였습니다.

— 역자 주는 (역자 주)라고 표기하였고, 편집자 주는 (편집자 주)라고 표기하였습니다. 원전의 주석은 따로 표시하지 않았습니다.

— 원전의 주석 중 일부는 가독성을 위해 본문에 포함시키거나 삭제하였습니다.

차례

1부 오래된 이야기

2부 그리 오래되지 않은 이야기

에드윈 아놀드 경에게 바친다.
경의 친절한 말씀에 대한
감사의 추억으로

1부

오래된 이야기

1부에 실은 아홉 가지 이야기는『신저문집』,
『100가지 이야기』,『우지슈 유물 이야기』와
그 밖의 일본의 고서에서 골랐다. 일본인의 기
묘한 신앙심을 잘 보여 주고 있기 때문이다.
이제는 골동품이 되어 버린 기이한 이야기에
지나지 않지만.

유령폭포의 전설

호우키 지방의 쿠로사카 마을 근처에 '유령폭포'라는 폭포가 있다. 왜 그렇게 불리게 됐는지 유래는 모른다. 폭포수 웅덩이 옆에는 작은 사당이 있는데 그 고장 사람들은 '폭포대명신(瀑布大明神)'이라고 부른다. 사당 앞에는 나무로 만든 작은 새전함이 놓여 있다. 신자들에게 기부를 받기 위해 놓아둔 것이다. 이 새전함에는 다음과 같은 이야기가 얽혀 있다.

*

지금으로부터 35년 전 어느 추운 겨울 저녁, 쿠로사카 마을의 삼베 작업장에서 일하는 아주머니와 젊은 처녀들이 하루 일을 마치고 일터의 큰 화로 곁에 둘러앉아 유령 이야기를 한창 하고 있었다. 이야기가 열두 개 정도 나왔을 무렵 여자들이 불안해하기 시작했다. 그러자 사람들을 더 무섭게 하려고 어느 여자가 큰 소리로 말했다.

"오늘 밤 혼자서만 유령폭포에 가보면 어떨까?"

그 제안에 모두 비명을 질렀다. 개중에는 실성한 듯 웃는 사람도 있었다.

"갔다 온 사람에게는 오늘 내가 짠 베를 다 줄게."

한 사람이 비웃듯이 말했다.

"내 것도 줄게."

또 한 사람이 말했다.

"나도."

세 번째 사람이 말했다.

"우리 거 다 줄게."

네 번째 사람이 장담하듯 말했다. 그러자 베 짜는 여자 중에서 목수의 아내인 야스모토 오카쓰가 일어섰다. 두 살 난 외아들을 업고 있었는데 아이는 포대기에 포근하게 싸여서 잠들어 있었다.

"좋아."

오카쓰가 말했다.

"만약 너희들 모두 오늘 짠 삼베를 정말로 준다면 내가 유령폭포에 가볼게."

오카쓰의 이 말에 여기저기서 놀라는 소리가 들렸다. 거짓말하지 말라고 비아냥거리는 여자도 있었다. 하지만 오카쓰가 여러 번 "간다"고 되풀이하자 모두 그 말이 본심이라는 것을 알게 되었다. 작업장의 여자들은 오카쓰가 정말로 유령폭포에 간다면 오늘 짠 삼베를 전부 주겠다고 다들 차례차례 약속했다.

"하지만 정말로 갔는지 어쨌는지 어떻게 알지?"

따지는 듯 묻는 사람도 있었다.

"그럼, 새전함을 가져오게 하면 되잖아."

삼베 짜는 여자들로부터 '할매'라고 불리는 노파가 말했다.

"그걸로 증거가 될 수 있겠네."

"알았어요. 가지고 올게요."

오카쓰가 외치듯이 말하고 자고 있는 아이를 업은 채로 밖으로 뛰쳐나갔다.

그날 밤은 매우 추웠지만 하늘은 맑았다. 오키쓰는 인기척 없는 거리를 지나서 서둘러 마을 변두리로 향했다. 살을 에는 듯한 추위 때문에 모든 집이 문을 굳게 닫고 있었다. 마을 밖으로 나가자 오카쓰는 길을 따라 뛰었다. 철벅철벅하는 소리가 났다. 길 양쪽을 따라 있는 얼어붙은 논은 적막하기만 했다. 별들만이 오카쓰를 비추고 있었다. 30분 정도 넓은 길을 따라가자 언덕 밑으로 좁고 구불구불한 샛길이 이어졌다. 가면 갈수록 길은 점점 더 어두워지고 험해졌다. 그러나 오카쓰는 그 길을 잘 알고 있었다. 이윽고 폭포가 둔하게 웅웅거리는 소리가 들렸다. 몇 분 더 가니 길이 넓어지고 협곡이 나타났다. 둔하게 울리던 소리가 우렁찬 소리로 변했다. 오카쓰의 눈앞에 희미하게 암흑 덩어리를 뒤로한 폭포의 길고 가느다란 빛이 나타났다. 사당이 밤눈에 어슴푸레 보였다. 새전함도. 오카쓰는 단숨에 달려들어 새전함을 향해 손을 뻗었다. 그러자……,

"어이, 오카쓰!"

갑자기 물줄기가 부서지는 곳에서 경고하는 듯한 목소리가 들렸다.

오카쓰는 흠칫 놀라 그 자리에 멈춰 섰다. 무서워서 얼이 빠질 것 같았다.

"어이, 오카쓰!"

다시 큰 목소리가 울렸다. 이번에는 목소리에 협박

조의 으름장이 더해졌다.

그러나 오카쓰는 용감한 여자였다. 금방 정신을 차리고 새전함을 낚아채서 뒤도 돌아보지 않고 뛰었다. 큰길에 이를 때까지 무서운 건 더는 들리지도 보이지도 않았다. 큰길에 이르러서 오카쓰는 잠깐 한숨을 돌리고 다시 뛰었다. 다시 철벅철벅하는 소리가 났다. 그리고 쿠로사카 마을에 도착하자마자 삼베 작업장 문을 세게 두드렸다.

나이 든 여자, 처녀 할 거 없이 모두 비명을 질렀다. 오카쓰가 헐떡이면서 손에 새전함을 들고 들어왔기 때문이다. 모두 숨을 죽이고 오카쓰의 얘기에 귀를 기울였다. 오카쓰가 유령이 썬 폭포에서 누군가가 자기 이름을 부르는 소리를 두 번이나 들었다고 말하자, 모두 기겁하며 비명을 질렀다……. 와, 무서운 걸 모르는 여자네! 용감한 오카쓰, 삼베를 다 받을 만 해!

"그런데 오카쓰, 아기가 추울 것 같아."
노파가 소리를 질렀다.
"이쪽에 와서 불을 쬐게 하는 게 좋겠네!"
"배도 고플 텐데."

엄마인 오카쓰도 말했다.

"빨리 젖을 먹여야겠네……."

"고생했어, 오카쓰."

노파가 아이를 덮고 있는 포대기를 푸는 일을 도와
주었다.

"어머나, 등이 흠뻑 젖었네!"

노파가 쉰 목소리로 외쳤다.

"어머, 피!"

포대기 속에서 바닥으로 떨어진 것은 피투성이가 된 아이 옷이었다. 갈색의 작은 두 다리와 갈색의 작은 두 손만이 옷 밖으로 삐죽 나와 있었다. ─ 다른 것은 없었다.

아이의 목은 잘려나가고 없었다……!

찻잔 속

오래된 탑의 나선 계단을 어둠 속에서 빙글빙글 올라가 보니 어둠 한가운데서 거미줄에 막히고 그 앞에는 아무것도 없었다, 그런 체험을 한 적이 없으신가요? 또는 어느 해안가에 깎아지른 듯이 서 있는 절벽의 중턱에 나 있는 좁은 길을 따라가다가 어느 바위를 돌아가자마자 천 길 낭떠러지 끝이었다든지 하는 경험은요? 문학적 견지에서 보면 이런 체험의 감정적 가치는 그때 맛본 서늘한 감각이나 지금도 생생하게 기억에 남아 있는 선명함으로도 입증할 수 있습니다.

실은 일본의 옛날이야기 책에는 이와 같은 감정 체험을 맛보게 해 주는 단편적인 이야기가 이상하게도 많이 보존되어 있습니다. 아마도 작가의 게으름 탓인

지, 또는 출판사와 다투었는지, 또는 작은 책상에서
이야기를 쓰다가 누군가가 불러내서 되돌아오지 못했
는지, 또는 작가가 갑자기 죽어서 글을 다 쓰지 못한
탓인지. 어쨌든 이런 작품이 왜 미완으로 남았는지 말
해 줄 사람은 이제는 없습니다. 그런 전형적인 이야기
를 하나 예로 골라 보았습니다.

*

텐와(天和) 3년 정월 4일(1683년 음력 1월 4일) 분고
오카번의 제4대 영주 나카가와 사도가 신년 인사를
하러 가는 도중에 에도의 혼고 근처 하쿠산 찻집에 일
행과 같이 들렀다. 일행이 그곳에서 쉬고 있을 때 동
행하고 있던 세키나이라는 이름의 와카토(若党, 사무
라이를 모시는 젊은 무사)가 목이 너무 말라서 커다란
찻잔에 스스로 차를 따랐다. 찻잔을 입가에 가까이 가
져가니, 문득 맑은 노란 찻물 안에 자신의 얼굴이 아
닌 다른 얼굴이 비쳤다. 세키나이는 깜짝 놀라서 주위
를 둘러보았지만 아무도 없었다.

찻물 안에 비친 얼굴은 머리 모양으로 미루어 보아
젊은 사무라이 같았다. 기묘할 정도로 이목구비가 뚜

렷하고 매우 잘생겼고 마치 여자처럼 섬세한 얼굴을
하고 있었다. 살아 있는 사람의 얼굴이 비친 것 같았
다. 눈과 입술이 움직이고 있었기 때문이다. 세키나
이는 이 수수께끼 같은 허깨비를 보고 당황한 나머지
그 차를 버렸다. 그리고 찻잔을 찬찬히 살펴보았다.
특별할 게 없는 싸구려 찻잔이었다. 다른 찻잔에 새로
차를 따랐다. 그러자 또나시 그 얼굴이 찻잔 속에 떠
올랐다. 세키나이는 차를 새로 달여 달라고 부탁하고
다시 찻잔에 따랐다. 그러자 그 기묘한 얼굴이 또 나

타났다. 이번에는 사람을 비웃는 듯한 엷은 웃음까지
띠고 있었다. 그러나 세키나이는 이런 일로 두려워한
다는 것이 스스로 용납되지 않았다.

"당신이 누구든"

하고 중얼거리고는,

"이제 더는 나를 우롱하지 마라."

세키나이는 이렇게 말하고 차를 단숨에 들이켰다.
찻물에 비친 얼굴도 전부 마셔 버렸다. 그리고 일행과
같이 길을 떠났다. 길을 가면서 자신이 유령을 마셔
버렸구나 하고 생각했다.

같은 날 저녁 무렵, 세키나이가 나카가와 사도의
저택에서 경호 당번을 서고 있었는데 깜짝 놀랄 일이
일어났다. 아무 소리도 없이 모르는 사람이 방안에 들
어와 있었기 때문이다. 훌륭하게 차려입은 젊은 사무
라이가 세키나이 앞에 앉더니 가볍게 머리를 숙여 인
사한 후 이렇게 말했다.

"소인은 시키부 헤이나이라고 합니다. 오늘 처음으
로 귀하를 뵈었습니다⋯⋯. 저를 알아보지 못하시겠
습니까?"

낮지만 폐부를 찌르는 목소리였다. 세키나이는 섬
뜩했다. 눈앞에 있는 것은 낮에 마셔 버린 것과 똑같

은 단정하지만 불길한 얼굴, 찻잔 속의 허깨비다. 그 환상이 찻잔 속에서 웃고 있었던 그 모습 그대로 지금도 엷은 웃음을 짓고 있다. 하지만 웃고 있는 입술 위에 붙은 두 눈은 이쪽을 똑바로 응시하면서 도발하려는 듯, 또 모욕하려는 듯한 느낌을 주었다.

"아니, 나는 당신을 모르오."

세키나이는 내심 화가 났지만 냉정한 목소리로 응했다.

"어떻게 이 저택에 들어오는 허가를 받으셨는지? 실례지만 대답을 듣고 싶소." (봉건시대 영주인 다이묘의 저택은 경비 무사가 24시간 엄중하게 경호를 하기 때문에 특별한 허가가 없는 한 아무도 들어갈 수 없었다.)

"음, 저를 본 적이 없다고 말씀하시는군요."

그 손님은 빈정거리는 어조로 말소리를 높였다. 그렇게 말하면서 무릎걸음으로 앞으로 다가왔다.

"저를 모르신다고 말씀하셨지요! 그러나 당신은 오늘 아침 저에게 무참한 만행을 저지르지 않으셨습니까……!"

세키나이는 순간적으로 허리에 친 딘도를 쉬고, 남자의 목을 재빨리 찔렀다. 그러나 칼날로 무언가를 찔렀다는 느낌이 없었다. 그때, 그 침입자는 담벼락을 향해 뛰어올라 그 담을 통과해 버렸다……! 담벼락에는 아무런 흔적도 없었다. 마치 촛불이 초롱의 종이를 빠져나가듯 남자는 담을 통과해 나갔다.

세키나이가 이 일을 보고하자 저택을 경비하던 가신들이 모두 놀라면서 어리둥절해 했다. 사건이 일어난 시간에 낯선 사람이 저택에 출입하는 것을 본 사람이 아무도 없었기 때문이었다. 그리고 나카가와 사도의 저택에서 일하는 사람 중에 '시키부 헤이나이'라는 이름을 들은 사람도 없었다.

그다음 날 밤, 세키나이는 비번이라 집에서 부모와 같이 있었다. 밤이 깊었을 즈음 '모르는 분들이 몇 분 오셨는데 뵙고 이야기를 나누고 싶어 합니다'라는 전갈이 왔다. 세키나이는 칼을 들고 현관으로 갔다. 어딘가의 가신으로 보이는 세 남자가 칼을 차고 현관 앞의 섬돌에 서서 기다리고 있었다. 세 사람은 공손하게 세키나이에게 인사를 했다. 그중 한 사람이 말했다.

"저희는 마쓰오카 분고, 쓰치바시 분고, 오카무라 헤이로쿠라고 합니다. 저희는 시키부 헤이나이 님의 가신들입니다. 저희 주군이 어젯밤 귀하를 방문했을 때 귀하가 칼로 주군을 찔렀습니다. 주군은 깊은 상처를 입고 그 상처 때문에 지금 온천 치료를 받으러 가셨습니다. 그러나 다음 달 16일에 돌아오시면 반드시 귀하가 저지른 위해에 대해 어떻게든 보복하실 것입니다……."

세키나이는 더 들으려고 하지 않고 덥석 칼을 손에 쥐고 뛰어올라 이 수상한 자를 좌우로 베었다. 그러나 세 사람은 옆 건물 담벼락으로 뛰어올라 담을 타고 펄펄 날아올랐다. 마치 그림자와 같았다. 그리고…….

* * *

여기서 옛날이야기가 끊어집니다. 이 이야기의 나머지 부분은 분명히 누군가의 머릿속에 남아 있겠지만 그 사람도 이제는 먼지로 변한 지 한 세기가 지나 버렸습니다.

가능한 결말을 여러 가지로 상상할 수는 있겠지만, 그 어느 결말도 우리의 상상력을 만족시켜 주지는 못하겠지요. 영혼을 마셔 버리면 어떤 결과가 생기는지 그 가능성에 대해서는 독자 여러분 스스로 상상해보셔도 좋지 않겠나 생각합니다.

골동

상식

옛날, 교토 근처 아타고 산에 어느 학승이 있었다. 이 스님은 온종일 명상과 경전을 학습하는 데 몰두했다. 스님이 사는 작은 절은 마을에서 멀리 떨어져 있었다. 절은 거의 인기척이 없는 산속에 있었는데 다른 사람들 도움 없이는 생필품을 구할 수 없을 정도였다. 신심이 깊은 시골 사람들 몇몇이 매달 채소나 쌀을 보내 주는 덕분에 스님은 생계를 유지할 수 있었다.

이런 선량한 시골 사람들 가운데 사냥꾼이 한 사람 있었다. 그는 때때로 사냥감을 찾아 산속으로 들어왔다. 어느 날 이 사냥꾼이 자루에 쌀을 넣고 절에 찾아오자 스님이 말하였다.

"어이, 자네에게 할 말이 있네. 이전에 자네를 만난

후에 아주 놀라운 일이 여기서 일어났네. 왜 이런 일이 나같이 하찮은 놈 눈앞에서 일어났는지 도대체 이유를 알 수 없네. 그러나 알다시피 나는 요 몇 년 동안 참선을 하고 매일 독경을 올리고 있지. 그렇다고 하면 나에게 일어난 일은 그런 수행의 공덕일지도 모르겠네. 그렇지 않을 수도 있지만…… 그러나 확실한 건 보현보살 님이 매일 밤 코끼리를 타고 이 절에 나타나신다는 사실이야……. 오늘 밤 자네도 나와 같이 여기 머물면서 보살님의 모습을 알현하고 예배드리게나."

"이 세상에서도 가장 존귀한 그 모습을 알현할 수 있다면 제게는 더없는 행운이지요. 기꺼이 함께 예배드리겠습니다."

사냥꾼은 그렇게 말하고 절에 머물렀다. 그러나 스님이 염불에 몰두하고 있는 사이에 사냥꾼은 그런 기적이 정말로 일어날까 하는 의심이 들기 시작했다. 생각하면 생각할수록 의심스러워졌다. 절에서 스님의 시중을 드는 동승에게 이렇게 말을 붙였다.

"스님이 말씀하시길 이 절에 매일 밤 보현보살 님이 나타나신다고 하는데 스님이 자네에게도 그 부처님을 친견하게 해 주신 적이 있는가?"

그러자 동승이 대답했다.

"벌써 여섯 번이나 친견하였습니다."

이 말을 들어도 사냥꾼은 계속 의심이 들었다. 그러나 동승이 거짓말을 한다고는 생각하지 않았다. 그리고 동승이 본 것이 무엇이든 자신도 볼 수 있으리라 생각하면서 스님이 말한 그 모습이 언제 나타날지 간절한 마음으로 기다렸다.

한밤중이 되기 조금 전에 스님이 보현보살을 맞을 준비를 해야 할 시간이 되었다고 말씀하셨다. 스님은 작은 절 문을 활짝 연 채 얼굴을 동쪽으로 하고 문턱에 무릎을 꿇었다. 동승은 스님 왼편에 무릎을 꿇고 앉았고 사냥꾼은 스님 뒤에 공손하게 꿇어앉았다.

9월 20일 밤이었다. 황량하고 어두운 밤이었는데 바람까지 거세게 불고 있었다. 세 사람은 보현보살이 나타나시기를 오랫동안 기다렸다. 드디어 동쪽에서 한 점 빛이 별처럼 나타났다. 그 빛은 빠른 속도로 가까이 다가왔다. 가까이 오면 올수록 점점 커지면서 산의 경사면 일대를 비추었다. 이윽고 그 빛이 형체를 드러내기 시작했다. 여섯 개의 상아가 있는, 눈처럼 흰 코끼리를 탄 신성한 모습이었다. 그다음 순간, 빛나는 사람을 태운 코끼리가 절 앞에 도착했다. 그리고

달빛으로 쌓아 올린 작은 산처럼 우뚝 섰다. ― 기이
하고 불가사의한 모습이었다.

스님과 동승이 그 앞에 엎드려서 열렬한 어조로 보
현보살에게 기도를 드리기 시작했다. 그때 갑자기 사
냥꾼이 두 사람 뒤에서 활을 손에 들고 벌떡 일어나서
화살을 메기고 한껏 당겨서 빛나는 부처님을 향해 쏘
았다. 긴 화살은 화살 깃이 가슴 속까지 들어갈 정도
로 깊이 꽂혔다.

그 순간 벼락같은 소리가 나면서 하얀빛이 꺼지고
부처님 모습도 사라졌다. 절 앞은 사방이 깜깜하고 바
람만 불고 있었다.

"이 짐승 같은 놈이!"

스님이 절망과 오욕의 눈물을 흘리면서 외쳤다.

"이 참혹한 악당 놈아! 무슨 짓을 한 거냐, 무슨 짓
을 한 거야!"

그러나 사냥꾼은 후회하는 모습도 없이 화난 모습
도 보이지 않고 조용히 스님의 질책을 듣고 있었다.
그리고 매우 공손하게 말했다.

"스님, 부디 마음을 진정시키시고 제 말을 들어주
십시오. 스님께서는 몇 년 동안 경전을 외우시고 참선
하신 그 공덕으로 보현보살을 보셨다고 하셨습니다.

만약 그렇다면 스님 눈에는 보일지 몰라도 저나 동승에게는 보일 리가 없습니다. 저는 배운 것 없는 사냥꾼이고 더구나 살생을 업으로 하고 있습니다. 목숨을 뺏는 일은 부처님에게는 혐오스러운 일입니다. 그런데 어째서 저 같은 놈까지 보현보살을 알현할 수 있단 말입니까? 부처님은 어디에서나 계시지만 사람들이 무지하고 부족해서 그 모습을 볼 수 없다고 들었습니다. 스님은 배움이 있으시고 청정한 생활을 하셨기 때문에 부처님을 만날 수 있는 깨달음의 경지에 이르셨을지도 모르겠지만, 매일매일 먹고살려고 짐승을 죽이는 저 같은 놈이 어떻게 부처님을 뵐 수 있단 말입니까. 저도 동승도 스님이 보신 것을 눈으로 똑똑히 봤습니다. 그렇다면 스님이 보신 것은 보현보살이 아니라 스님을 속이고 심지어 목숨까지 노리는 마귀가 틀림없습니다. 제발 마음을 가라앉히시고 날이 밝을 때까지 기다려 주십시오. 날이 밝으면 제가 드린 말씀이 사실인지 아닌지 확실해질 겁니다."

날이 밝아 오자 사냥꾼과 스님은 부처님이 서 있던 자리를 조사했다. 가느다란 핏자국이 이어져 있었다. 그 뒤를 따라서 수백 걸음 정도 가니까 땅바닥이 움푹 꺼진 곳에 커다란 너구리 한 마리의 시체가 있었고 가슴팍에 사냥꾼이 쏜 화살이 꽂혀 있었다.

스님은 학식이 있어서 성인이라고 불리고 있었지만, 너구리에게 아주 쉽게 속아 넘어가 버렸다. 사냥꾼은 무지하고 신앙심도 없었지만, 상식이 매우 풍부했기 때문에 타고난 재치를 발휘하여 그 괴물의 정체를 알아차리고, 그 무서운 환각을 깨부순 것이었다.

생령

옛날 에도의 레이간지마(도쿄도 츄오구 동쪽, 현 신카와 1가, 2가) 한편에 '세토모노 다나'라는 큰 도자기 가게가 있었다. 그 가게는 키헤이라는 부유한 상인이 경영하고 있었다. 키헤이는 몇십 년 전부터 로쿠베라는 총지배인을 고용하고 있었다. 이 총지배인 덕택에 장사가 매우 번성했다. 사업이 너무 커져 버렸기 때문에 로쿠베 혼자서는 가게를 운영할 수 없을 정도가 되었다. 로쿠베는 실무 경험 있는 조수를 한 사람 더 쓰자고 건의했고, 키헤이의 허락받아 자신의 조카를 고용했다. 나이는 스물두 살, 오사카에서 사기그릇 장사를 한 경험이 있는 젊은이였다.

조카는 매우 유능한 조수였다. 노련한 숙부보다 사

업 수완이 더 좋았다. 조카의 뛰어난 솜씨로 사업이 더욱더 번창했기 때문에 주인인 키헤이도 매우 만족하였다.

그런데 로쿠베의 조카가 이 가게에 온 지 일곱 달 정도 지났을 무렵, 그가 갑자기 큰 병을 앓게 되어 당장이라도 죽을 지경에 이르렀다. 에도에 있는 명의는 모두 불러 진찰해 보았지만, 어느 의사도 왜 병이 났는지 짐작조차 못 했다. 약 처방도 내리지 못했다. 무언가 마음속에 숨겨둔 슬픔 때문에 병이 난 건 아닌가 하고 짐작할 뿐이었다.

로쿠베는 조카가 상사병에 걸린 게 틀림없다고 추측했다. 그래서 조카에게 말했다.

"아직 젊은 몸인 네가 누군가를 남몰래 사랑해서 그 괴로움 때문에 불행해진 게 틀림없다. 아마도 그게 병의 원인일 것이다. 정말 그렇다면 망설이지 말고 골치 아픈 일은 전부 나에게 털어놓아라. 네 부모님은 멀리 있으니까 내가 네 아버지 대신이 되어 주마. 네가 걱정하거나 고민하는 일이 있으면 아버지로서 할 수 있는 일은 무엇이든지 해 주마. 돈으로 해결할 수 있는 일이라면 아무리 많은 금액이라도 사양하지 말고 나에게 말해라. 분명히 너한테 도움이 될 거다. 키헤이 주인님도 네가 기뻐하고 기력을 다시 찾는 일이라면 뭐든지 다 해 주실 거다."

이렇게 따뜻한 말을 듣고도 조카는 곤혹스러운 표정을 지었다. 그리고 잠시 묵묵히 있다가 이윽고 입을 열었다.

"이렇게 너그러운 말씀은 결코 잊지 못할 것입니다. 그러나 저에게는 숨겨둔 연정 같은 건 없습니다. 남몰래 여인에게 연정을 품고 애태우고 있는 게 아닙니다. 이 병은 의사가 고칠 수 있는 병이 아닙니다. 돈도 소용이 없을 테지요. 실은 이 집에 저를 못살게 구는 게 있어서 살아갈 기력도 없습니다. 제가 어디를 가든 낮이나 밤이나, 가게에 있을 때나 방에 있을 때나, 혼자 있을 때나 다른 사람과 같이 있을 때나 어느 여자의 그림자가 끊임없이 제게 들러붙어서 계속 시달렸습니다. 하룻밤도 푹 잠들지 못하고 기나긴 날들이 지나갔습니다. 눈을 감자마자 여자 혼령이 제 목덜미를 잡고 저를 목 졸라 죽이려고 합니다. 그래서 한잠도 잘 수 없습니다……."

"너는 왜 그런 일을 나에게 진작 말하지 않았느냐?"
로쿠베가 물었다.

"말씀드려도 아무 소용이 없으리라고 생각했기 때

문입니다. 그 혼령은 죽은 사람의 영이 아니라 살아 있는 사람의 증오 때문에 생긴 생령입니다. 실은 숙부님도 잘 알고 있는 분입니다."

"도대체 누구냐?"

로쿠베는 깜짝 놀라서 캐물었다.[1]

"우리 가게 사모님입니다."

조카가 가냘픈 목소리로 대답했다.

"키헤이 님의 부인입니다……. 사모님은 저를 죽이고 싶어 하십니다."

로쿠베는 이 말을 듣고 망연자실했다. 조카의 말을 의심하지는 않았다. 그러나 도대체 왜 키헤이 부인의 생령이 조카에게 달라붙은 것일까, 그 까닭을 도무지 알 수 없었다. 생령은 사랑이 이루어지지 않거나 격렬한 증오가 커지거나 하면 생긴다. 그런 감정을 품고 있는 사람이 자기도 모르는 사이에 생령이 되어 나타나기도 한다. 그러나 이 경우에는 이루어질 수 없는 사랑이 원인이라고는 도저히 생각할 수 없다. 키헤이 부인은 나이가 오십이 훌쩍 넘었다. 그렇다면 이 젊은 지배인 대리가 도대체 무슨 짓을 저질렀기에 미움을 산 걸까? 생령이 나타날 정도로 증오를 살 만한 일이 있었던 걸까? 조카는 매우 성실하고 예의 바르고 열심히 일했다. 도무지 알 수 없었다. 로쿠베는 고뇌했다. 그리고 오래 고민한 끝에 모든 걸 주인인 키헤이에게 털어놓고 조사해 달라고 하기로 결심했다.

키헤이는 로쿠베의 조카가 털어놓은 이야기를 로쿠베로부터 전해 듣고 깜짝 놀랐다. 키헤이는 로쿠베가 자신의 곁에서 사십 년 동안 같이 일하면서 얼마나 신중하게 말을 하는 사람인지 알고 있었다. 그런 그의 말을 의심할 만한 이유는 전혀 없었다.

키헤이는 당장 부인을 불러서 상세하게 캐물었다. 그리고 로쿠베의 조카가 털어놓은 이야기도 말해 주었다. 아내는 처음에는 얼굴이 창백해졌다. 그리고 울기 시작했다. 그러다가 잠시 주저하더니 이윽고 솔직하게 술술 털어놓았다.

"새로 온 대리가 말한 생령 이야기는 사실일 거예요. 그 남자가 너무나 미워서 견딜 수 없었어요. 하지만 그 말을 입에 내어 말하거나, 미움을 밖으로 드러내지 않도록 조심해왔어요. 아시다시피 이 젊은이는 장사를 아주 잘하고, 하는 일 모두 빈틈이 없어요. 당신도 이 젊은이를 내세워서 많은 심부름꾼이나 점원들을 지휘해왔어요. 그런데 우리 외아들이 장차 이 가게를 물려받아야 하는데 사람이 너무 순하고 속기 쉬운 성격이라서, 저는 이 젊은이가 언젠가는 아들을 속이고 우리 집 재산을 전부 빼앗지는 않을까 계속 걱정되어 견딜 수 없었어요. 실제로 이 지배인 대리라면 아무런 어려움도 없이, 또 언제든지 쉽게 이 집안을 망가뜨리고 아들을 파멸시킬 수도 있을 거예요. 그렇게 될 게 틀림없다는 생각이 드니까 이 남자가 너무나도 무서워서, 증오하지 않을 수 없었어요. 몇 번이고 몇 번이고 이 남자가 죽었으면 좋겠다고 바랐어요. 그리고 이 남자를 죽일 수 있게 해 달라고 기원하기도 했어요……. 이런 식으로 다른 사람을 증오하는 일이 나쁜 짓이라는 건 저도 잘 알고 있어요. 그렇지만 제 마음을 억누를 수가 없었어요. 밤이나 낮이나 저 점원이 참혹한 꼴을 당하게 되도록 빌었어요. 그러니까 이 남자가 로쿠베에게 한 말은 실제로 일어난 일이 틀림없어요."

"아, 아, 당신 어쩌면 그렇게 어리석은 짓을 할 수 있나……!"

키헤이가 소리쳤다.

"당신이 이런 일로 몸도 마음도 골머리를 앓다니! 이제까지 저 젊은이는 책망받을 짓은 아무 일도 하지

않았어. 그런데도 당신은 무참하게도 젊은이를 책망하고 헛된 생각에 시달렸구나······."

키헤이는 무언가 골똘히 고민하다가 입을 열었다.

"그럼 이렇게 한번 해보면 어떻겠소. 저 대리인을 숙부와 함께 다른 마을로 보내서 그곳에 지점을 내게 하는 거요. 그렇게 하면 당신도 저 남자에게 조금 따뜻해질 수 있겠지. 어떻소? 저 남자의 얼굴도 보지 않고 목소리도 듣지 않게 된다면, 그걸로 증오를 억누를 수 있겠소?"

아내가 대답했다.

"이 집에서 저 남자를 내보내 주기만 한다면, 그렇게만 해 주신다면 증오하는 마음을 진정시킬 수 있을 거예요."

"그럼 그렇게 하는 게 좋겠소."

키헤이가 말했다.

"당신이 지금까지 그랬듯이 앞으로도 계속 증오하면 저 사람은 머지않아 반드시 죽을 거요. 그렇게 되면 당신은 우리 집에서 선행만을 하고 악행과는 인연이 없던 사람을 죽게 하는 큰 죄를 범하게 되오. 저 사람은 우리 가게에서 일하면서 단 한 번도 잘못을 저지르지 않았소."

키헤이는 당장 다른 동네에 그릇 가게 지점을 열 준비를 끝내고 로쿠베와 로쿠베의 조카에게 그 가게를 맡겼다. 그렇게 하고 나니 생령이 젊은이를 괴롭히는 일은 없어지고 젊은이는 곧바로 건강을 회복했다.

사령

에치젠 지역(현 후쿠이현에 있었던 번)의 지방 장관인 노모토 야지에몬 대관이 죽자 대관의 부하들이 음모를 꾸몄다. 죽은 주군의 가족에게서 재산을 빼앗으려고 한 것이다. 부하들은 대관의 빚 일부를 갚는다는 구실로 노모토 집안의 현금, 귀중품, 가구 등을 모두 차압했다. 그뿐만 아니라 노모토가 생전에 법을 어기고 자기 자산 가치 이상의 빚을 진 것처럼 보이게끔 거짓 문서를 만들었다. 그들은 이 가짜 문서를 수도에 있는 재상에게 보냈다. 재상은 노모토의 부인과 아이들을 에치젠 지역에서 추방하기로 했다. 당시에는 죽은 대관의 잘못이 드러나면 대관의 가족이 그 잘못에 대한 책임을 지게 되어 있었기 때문이다.

그런데 추방령이 노모토의 미망인에게 공식적으로 발송되는 순간, 노모토 집안의 한 하녀에게 기묘한 일이 일어났다. 무엇인가에 씐 듯이 하녀는 경련을 일으키며 떨기 시작했다. 경련이 가라앉자 하녀는 일어나서 재상의 부하나 돌아가신 주인의 부하들에게 다음과 같이 큰소리로 외치기 시작했다.

"여러분 들으시오. 지금 말하고 있는 사람은 하녀가 아닙니다. 나는 야지에몬, 노모토 야지에몬이며 죽은 자의 나라에서 되돌아왔습니다. 한없는 슬픔과 분노에 휩싸여서 돌아왔습니다. 이 슬픔과 분노는 어리석게도 제가 과거에 믿었던 부하들이 일으킨 것입니다……. 아, 이 불충 부정한 자들아! 큰 혜택을 받았으면서도 우리 집 재산을 빼앗고 이 노모토의 이름에 먹칠을 하다니……! 지금 내 눈앞에서 관청과 노모토 집안의 장부를 검사하라. 감찰관(메쓰케:目付)2에게 사람을 보내서 장부를 가지고 오게 해라. 그리고 자산을 대조하여 확인해 보라고 해라!"

젊은 하녀가 이렇게 외치는 것을 듣고 같이 있던 자들이 모두 놀라서 부들부들 떨었다. 여자의 음성과 몸짓이 생전 노모토 야지에몬의 음성과 몸짓 그대로였기 때문이다. 마음속에 켕기는 게 있던 부하들은 새

파랗게 질렸다. 재상이 보낸 관리는 그 자리에서 하녀의 입에서 나온 소원을 모두 다 들어주도록 명했다. 관청의 장부를 빠짐없이 여자 앞에 내밀었다. 감찰관의 장부도 가지고 오게 했다. 그러자 여자가 계산하기 시작했다. 여자는 모든 장부를 하나도 틀리지 않게 빠짐없이 살펴보고 합계를 적어 두고 부하들이 속인 것들을 차례차례 수정해나갔다. 여자가 쓴 글씨는 노모토 야지에몬의 필적 그 자체였다.

검산한 결과, 빚이 있기는커녕 대관이 죽었을 당시에는 관청 재무에 잉여금도 남아 있었다는 사실을 알게 되었다. 이렇게 부하들의 악행이 일목요연해졌다.

계산이 다 끝나자 젊은 하녀가 노모토 야지에몬의 목소리로 말했다.

"이것으로 모든 일이 잘 정리되었다. 이 건에 대해서는 나는 이제 더 할 말이 없다. 나는 원래 있던 곳으로 돌아간다."

그러자 여자는 누워서 잠이 들었다. 여자는 그로부터 이틀 낮 밤 내리 마치 죽은 사람처럼 잠들었다. (사람에게 들러붙은 영혼이 떠나면 무언가에 씌었던 사람은 혼수상태에 가까운 엄청난 권태감에 빠지게 된다.) 다시 눈을 떴을 때 여자의 목소리나 몸짓은 젊은 처녀의 목

소리와 몸짓으로 돌아왔다. 그 당시는 물론, 그 후에
도 여자는 노모토 야지에몬의 영이 씌었던 동안 자신
에게 무슨 일이 일어났는지 기억하지 못했다.

　사건은 즉시 재상에게 보고되었다. 그 결과, 재상
은 대관의 유족에게 내린 추방령을 취소했을 뿐만 아
니라 그들을 융숭하게 위로했다. 그 후 노모토 야지에

몬의 유산 상속에 대한 판결이 다시 내려졌고, 이 판결 후 여러 해 동안 노모토 집안은 나라로부터 혜택을 입어 크게 번성하였다. 그에 반해 부하들은 응당 받아야 할 벌을 받았다.

오카메 이야기

도사 지방(현 고치현 지역)의 나고시라는 곳에 사는 부자 곤에몬의 딸 오카메는 남편인 하치에몬을 매우 좋아했다. 오카메는 스물두 살이고 하치에몬은 스물다섯 살이었다. 오카메가 남편을 매우 좋아했기 때문에 세상 사람들은 오카메는 질투심이 강할 거라 짐작했다. 그러나 하치에몬은 아내가 질투심을 불러 일으킬만한 짓은 전혀 하지 않았다. 그리고 부부 사이에 서로를 상처 입힐 만한 말이 나온 적도 없었다.

그러나 불행하게도 오카메는 몸이 약했다. 결혼하고 2년도 지나지 않았을 무렵, 오카메는 당시 도사 지방에서 유행하던 병에 걸렸다. 명의들에게 진찰을 받았지만 나아지지 않았다. 이 병에 걸린 사람은 마실 수도 먹을 수도 없게 되고, 몸이 점점 쇠약해져서 자주 졸고, 자꾸 보이는 묘한 환상 때문에 고통받는다. 남편이 정성을 다해 간병했음에도 오카메는 나날이 몸이 약해져서 이제 더는 살 수 없을 거라는 진단을 받기에 이르렀다.

그러자 오카메는 남편을 불러서 이렇게 말했다.

"이런 비참한 병이 든 나를 오랫동안 간병해 주셔서 고맙습니다. 이렇게 따뜻하게 대해 주시는 분은 어디에도 없습니다. 그래서 당신과 헤어지는 것이 한결 더 슬픕니다……. 생각해 보세요, 저는 이제 겨우 스물두 살, 이 세상에서 가장 좋은 남편을 만났는데 이제 죽어야 한다니……. 아, 안 돼요, 안 돼요. 저를 안심시키려고 해도 쓸데없는 일이에요. 최고의 명의도 아무것도 할 수 없었어요. 저는 하다못해 앞으로 몇 달만 더 살았으면 하고 바랐지만, 오늘 아침 거울을 보고 오늘이 끝이라는 걸 깨달았습니다. 네, 오늘이 마지막입니다. 제가 안심하고 행복하게 죽을 수 있도록 당신에게 한 가지 부탁이 있어요."

하치에몬이 대답했다.

"무엇이든지 말하세요. 제가 할 수 있는 일이라면 기꺼이 당신의 소망을 들어줄게요."

"아니, 아니요, 기쁜 마음으로 들어주실 수는 없을 거예요."

부인이 말했다.

"당신은 아직 젊어요. 이런 일을 부탁하는 것도 저에게는 몹시 어려운 일이에요. 그러나 이 소망은 제 마음속에서 불길같이 타오르고 있어요. 죽기 전에 꼭 말씀드리지 않으면 안 되겠어요……. 여보, 늦든 빠르든, 제가 죽은 후에 사람들이 당신에게 다시 결혼하라고 권할 거예요. 약속해 주시겠어요. 약속할 수 있어요? 다른 여자와 다시 결혼하지 않겠다고……?"

"그런 일쯤이야!"

하치에몬이 외쳤다.

"뭐야, 그런 정도의 소망이라면 쉽게 들어주겠소. 진심으로 다짐하오. 누구도 당신 자리를 대신 할 수는 없소."

"아, 기뻐라!"

오카메는 이렇게 외치면서 잠자리에서 몸을 반쯤 일으켰다.

"정말 기뻐요, 너무 행복해요!"

이렇게 말하자마자 오카메는 푹 쓰러져서 숨이 끊겼다.

오카메가 죽자 하치에몬의 건강이 갑자기 쇠약해지기 시작했다. 마을 사람들은 처음에는 몸이 쇠약해진 건 아내와 사별한 슬픔 때문이라고 생각했다. '하치에몬이 아내를 많이 사랑했구나'라는 소문이 났다. 그러나 하치에몬은 두 달이 지나고 석 달이 지나면서 점점 안색이 어두워지고 몸도 약해져서 결국에는 인간이라기보다는 유령처럼 마르고 살이 빠졌다. 그러자 마을 사람들은 아직 젊은 사람이 이렇게 약해진 건 단순한 슬픔 때문이 아닐 거라며 의아해하기 시작했다. 의사는 하치에몬의 병은 이제까지 세상에 알려지지 않은 희귀병이라고 했다. 양친이 하치에몬에게 꼬치꼬치 캐물었지만 쓸데없는 짓이었다. 하치에몬은 자신이 슬픔에 잠긴 이유는 양친이 이미 알고 있는 일이며, 따로 뭔가를 숨기고 있는 건 아니라고 말했다. 양친은 재혼을 권했지만 하치에몬은 고인에게 한 약속을 무슨 일이 있더라도 지켜야 한다며 양친의 말을 듣지 않았다.

그 후에도 하치에몬은 하루하루 눈에 띌 정도로 쇠약해졌다. 가족들도 이젠 그가 더는 살 수 없을 거라고 생각했다. 그러던 어느 날, 아들이 무언가 숨기고 있다고 느낀 모친이 열심히 하치에몬을 설득하여 심신이 쇠약해진 진짜 이유를 들으려고 했다. 모친이 괴로워하며 우는 모습을 보이자 마침내 하치에몬이 입을 열었다.

"어머니,"

하치에몬은 잠시 숨을 고른 뒤 말을 이었다.

"이런 말은 어머니에게도 그 누구에게도 말하기 어렵고, 또 모든 얘기를 다 한다고 하더라도 아무도 믿어 주지 않겠죠. 그렇지만 사실 오카메는 저세상에 가서도 편히 쉬지 못하고 있습니다. 예불을 여러 번 드려도 편히 쉴 수 없습니다. 제가 어두운 황천길을 같이 따라가 주지 않으면 분명 성불할 수 없을 겁니다. 왜냐하면 오카메는 매일 밤 저한테 돌아와서는 제 곁에서 같이 자고 있기 때문입니다. 장례식 날 이후부터 하루도 빼놓지 않고 나타났습니다. 때때로 오카메가 죽은 게 거짓이 아닌가 하는 생각이 들 때도 있습니다. 오카메는 살아 있을 때와 똑같은 모습을 하고 있고 똑같이 행동합니다. 다만 다른 점은 말할 때 속삭이듯 낮은 목소리로 말한다는 사실뿐입니다. 그리고 언제나 자기가 왔었다고 절대로 사람들에게 말하지 말라고 합니다. 어쩌면 오카메는 제가 죽어 줬으면 하

골동   58

고 원하는지도 모릅니다. 저 혼자라면 저도 이 세상에 별로 집착하지 않아도 되지만, 어머니도 말씀하셨듯이 신체발부는 부모로부터 받은 것이니까 효행이 우선입니다. 그래서 지금 어머니에게 모든 걸 털어놓았습니다⋯⋯. 네, 매일 밤 오카메가 저를 찾아옵니다. 자려고 하면 찾아와서 아침까지 같이 있습니다. 그리고 절 종소리가 들리면 곧바로 떠나갑니다."

이 이야기를 듣고 하치에몬의 어머니는 매우 놀랐다. 곧바로 가문의 위패를 모신 절로 가서 아들이 한 말을 전부 스님에게 전했다. 그리고 부처님과 하느님의 도움을 청했다. 스님은 나이가 많고 세상 물정에 밝은 사람이었는데, 별로 놀라지도 않고 이야기를 다 듣고는 하치에몬의 어머니에게 이렇게 말했다.

"그런 일은 전에도 있었지요. 댁의 아드님을 살려낼 수는 있습니다만, 지금이 매우 위험한 고비라는 것도 사실입니다. 아드님 얼굴에 죽을상이 나타나 있거든요. 만약 오카메가 한 번이라도 다시 돌아오면 아드님은 두 번 다시 아침 해를 볼 수 없겠지요. 당장이라도 손쓸 수 있는 방법을 모두 다 써야 합니다. 아드님에게는 아무 말도 하지 마시고, 양쪽 집안 일가친척분

들을 당장 불러모아서 한시도 지체하지 마시고 이 절로 와 주십시오. 아드님을 위해서 오카메의 무덤을 파야 합니다."

이렇게 해서 하치에몬의 어머니는 친척들을 모아 절로 갔다. 주지 스님은 친척들에게 오카메의 무덤을 파도 좋다는 동의를 얻고 친척들 모두를 데리고 오카메의 무덤으로 향했다. 오카메의 무덤 앞에 도착하자 주지는 오카메의 묘석을 들어 올리라고 지시했다. 사람들은 무덤을 판 뒤 오카메의 관 뚜껑을 위로 올렸다. 관 뚜껑이 열리자 거기 모인 모든 사람이 깜짝 놀랐다. 오카메가 얼굴에 빙긋이 미소를 띠고 병에 걸리기 이전과 같이 아름다운 모습 그대로 앉아 있었기 때문이다. 오카메는 전혀 죽은 사람처럼 보이지 않았다. 주지가 모여 있던 사람들에게 명하여 오카메의 시체를 관 밖으로 꺼냈을 때, 보고 있던 사람들의 놀라움은 무서움으로 바뀌었다. 시체를 만져보니 피가 통하는 사람처럼 따뜻했고, 앉은 자세[3]로 묻혀 있었는데도 살아 있는 사람처럼 살이 부드러웠기 때문이나.

시체는 불당으로 옮겨졌다. 주지는 그곳에서 붓을 들고 시체의 이마, 가슴 그리고 발과 다리에 무언가

존엄한 공덕이 있는 말씀을 범어로 썼다. 그리고 시체를 흙 속에 되돌려 놓기 전에 오카메의 영혼을 위해 시아귀 법회4를 치렀다.

그런 후에 오카메가 남편을 찾아오는 일은 두 번 다시 없었다. 하치에몬은 점차 건강과 활력을 회복했

다. 하치에몬이 아내와 한 약속을 그 후에도 쭉 지켰
는지 어쨌는지 일본의 원작자는 아무런 언급이 없다.

파리 이야기

200년 정도 전에 교토에 가자리야 큐베라는 상인이 있었다. 큐베의 가게는 테라마치토오리 거리에서 남쪽으로 조금 떨어진 시마바라사가루 근처에 있었다. 하녀 중에 오타마라는 이가 있었는데 와카사 지역 출신이었다. 오타마는 큐베 부부에게 귀여움을 받아 부부를 마음 깊이 따르고 있었다. 그러나 오타마는 세상의 다른 여자들과 달리 외모를 꾸미는 데 전혀 관심이 없었다. 예쁜 옷을 여러 벌 줬지만, 휴가 갈 때도 일할 때 입는 옷을 그대로 입은 채 외출했다. 고용살이를 시작한 지 5년 정도 지난 어느 날, 주인이 오타마에게 왜 너는 입는 것에 신경 쓰지 않느냐고 물었다.

오타마는 이 말을 듣고 자기가 혼나고 있다는 생각

이 들어 얼굴이 빨개졌다. 그러나 이내 마음을 다잡고 이렇게 대답했다.

"부모님이 돌아가셨을 때 저는 아직 어린아이였습니다. 저는 형제가 없었기 때문에 부모님 제사는 제가 모셔야 했습니다. 당시에는 제사 지낼 돈이 없었기 때문에 필요한 돈을 벌게 되면 당장이라도 부모님 위패를 죠라쿠지라는 절에 맡겨서 제사를 지내기로 마음 먹었습니다. 그 결심을 이루기 위해 돈을 모으고 치장할 옷도 사지 않았습니다. 너무나 검소하게 생활했기 때문에 입는 것에 신경 쓰지 못하고 흉한 모습을 보여 왔습니다. 정말 죄송합니다. 그러나 덕분에 제사를 위해 필요한 은(銀) 백 돈을 모았습니다. 이제부터는 몸치장에도 신경을 쓰도록 하겠으니, 그동안 몸치장에 신경 쓰지 않은 실례를 부디 용서해 주십시오."

오타마가 솔직하게 털어놓은 말은 큐베의 심금을 울렸다. 큐베는 오타마에게 편한 모습으로 있어도 좋다고 따뜻하게 말하며 깊은 효심을 칭찬했다.

얼마 지나지 않아 오타마는 죠라쿠지 절에 부모님의 위패를 맡겨서 필요한 제사를 지냈다. 모은 돈 중에서 70돈을 여기에 썼다. 남은 30돈은 큐베의 부인에게 자신을 위해 맡아 달라고 부탁했다.

그런데 겨울 무렵, 오타마는 갑자기 병에 걸려 한동안 앓다가 겐로쿠 15년(1702년) 1월 11일에 죽고 말았다. 큐베 부부는 오타마의 죽음을 매우 슬퍼했다.

그로부터 열흘 정도 지났을 무렵, 매우 큰 파리가 집으로 들어와 큐베 머리 위를 빙글빙글 날기 시작했다. 큐베는 깜짝 놀랐다. 왜냐면 파리는 어떤 종류든 대한(大寒)이 되면 보통 날아다니지 않으며, 더구나 이렇게 큰 파리는 따뜻한 계절이 아니면 좀처럼 볼 수 없기 때문이다. 이 파리가 정말로 귀찮게 달라붙어서 큐베는 파리를 잡아서 집 밖으로 내쫓았다. 파리가 상처 입지 않도록 손아귀 힘도 조절했다. 큐베는 신앙심 깊은 불교도였기 때문이다. 파리는 곧바로 다시 방으로 돌아왔다. 또 잡아서 밖으로 내보냈다. 그런데 파리가 또다시 방에 들어왔다. 세 번째였다. 큐베의 아내는 기이한 일이라고 생각했다. 부인이 말했다.

"혹시 오타마가 아닐까?"(죽은 사람, 특히 아귀도에 빠진 사람은 때로 벌레가 되어 현세에 놀아오기 때문이다.)

큐베는 웃으면서 대답했다.

"그렇다면 파리에 표시하면 알 수 있겠지."

　큐베는 파리를 잡아서 가위로 파리 날개 끝에 아주
작은 자국을 내고 집에서 꽤 멀리 떨어진 곳까지 가서
놓아주었다.

　다음날 파리가 돌아왔다. 그래도 큐베는 파리가 되
돌아온 사실에 무언가 영적인 의미가 있다고 여기지
는 않았다. 큐베는 파리를 잡아서 날개와 몸체를 빨갛
게 칠하고 집에서 더 먼 곳까지 가서 놓아주었다. 그
런데 이틀 후에 파리가 또 돌아왔다. 빨간색이 칠해진

파리였다. 큐베는 더는 의심하지 않고 말했다.

"이건 오타마다. 무언가 바라는 게 있는 것이 틀림없어. 그런데 뭘 바라는 걸까?"

부인이 말했다.

"저한테 오타마가 맡긴 돈 30돈이 있어요. 오타마는 우리가 이 돈을 절에 시주하여 자신의 극락왕생을 위한 공양을 드리기를 원하는 게 아닐까요? 오타마는 자신의 내세를 항상 몹시 걱정하고 있었어요."

부인이 그렇게 말하자 파리는 창호지 문에서 똑 떨어졌다. 큐베가 주워서 보니 파리는 죽어 있었다.

큐베 부부는 곧바로 절에 가서 스님들에게 오타마가 남긴 돈을 시주하기로 했다. 죽은 파리도 작은 상자에 넣어서 같이 절에 가져갔다.

죠라쿠지 절의 주지 스님인 치쿠 상인(上人)은 파리 이야기를 듣고 큐베 부부가 한 일은 갸륵하고 불법에 맞는 일이라고 하면서 고개를 끄덕였다. 그리고 고승은 오타마의 영혼을 위해 시아귀 법회를 열었고 파리의 유해를 위해서도 묘전팔권을 낭송했다. 죽은 파리를 넣은 작은 상자는 절 경내에 묻고 그 위에 나무판자로 된 솔도파[5]를 세우고 알맞은 범자도 써넣었다.

꿩 이야기

옛날에 비슈 지역(현 아이치현 서쪽 지역) 토야마 군에 젊은 농사꾼 부부가 살고 있었다. 부부의 밭은 인기척 없는 산속에 있었다.

어느 날 밤, 부인은 꿈속에서 수년 전에 돌아가신 시아버지를 보았다. 시아버지는 "내일 나는 매우 위험한 처지에 놓인다. 할 수 있다면 살려다오!"라고 말했다. 아침에 부인은 남편에게 이 꿈을 이야기했다. 두 사람 다 돌아가신 아버님이 무언가 도와주기를 바라고 있다고 생각했다. 그러나 꿈의 계시가 무엇을 뜻하는지는 짐작도 하지 못했다.

아침밥을 먹고 남편은 밭일하러 나가고 부인은 집에 남아서 베를 짜고 있었다. 갑자기 밖에서 큰 비명이 들렸다. 부인이 깜짝 놀라서 '무슨 일이지?' 하고 문을 열어 보니 그 지방의 지토(地頭)6라고 불리는 영주가 사냥꾼들을 데리고 밭으로 다가왔다. 문 앞에 서서 일행을 지켜보고 있는데 꿩 한 마리가 느닷없이 부인의 발밑을 지나쳐서 집안으로 뛰어들었다. 그때 퍼뜩 지난밤 꿈이 떠오른 부인은 '이 꿩은 분명히 아버님이다' 하고 생각했다. '어떻게든 살려드려야만 해.' 그것은 아름다운 수꿩이었다. 부인은 곧바로 집안으로 뛰어 들어가 아주 쉽게 꿩을 잡혔다. 부인은 그 꿩을 비어 있는 쌀뒤주에 넣고 뚜껑을 닫았다.

그 직후에 지토 일행이 집으로 들어와서 꿩을 보지 못 했느냐고 물었다. 부인은 겁먹지 않고 보지 못했다고 말했다. 그러나 사냥꾼 중 한 명이 꿩이 집 안으로 도망쳐 들어가는 것을 보았다고 떠들었다. 그러자 일행들이 집안을 구석구석 뒤지기 시작했다. 하지만 아무도 쌀뒤주 안까지 보려고 하지는 않았다. 아무리 뒤져도 꿩이 보이지 않자 사냥꾼들은 꿩이 어딘가 구멍을 통해서 도망갔을 거라고 짐작하고 돌아갔다.

남편이 돌아오자 부인은 꿩 이야기를 했다. 남편에게 보여 주려고 꿩을 쌀뒤주에 넣어 둔 채였다.

"잡았을 때 조금도 푸드덕거리지 않았어요. 쌀뒤주 안에서도 얌전히 있었어요. 아버님이 틀림없어요."

남편이 쌀뒤주로 가서 뚜껑을 열고 꿩을 끄집어냈다. 길든 새처럼 꿩은 남편의 손안에서 얌전하게 있었다. 마치 잘 아는 사람인 것처럼 꿩이 남편의 얼굴을 쳐다보았다. 그 꿩은 눈이 멀어 있었다.

"아버지도 눈이 멀었었어. 오른쪽 눈이었어."

남편이 말했다.

"이 새도 오른쪽 눈이 멀었어. 확실히 이건 아버지야. 봐 봐. 아버지가 우리를 볼 때 눈초리와 똑같아……! 아버지는 분명히 이렇게 생각하고 있을 거야. '나는 지금 새다. 사냥꾼에게 잡힐 바에는 이 몸을 내 자식들에게 주고 말겠다…….' 이걸로 당신이 지난밤에 꾼 꿈이 풀린 거야." 이렇게 말하고 남편은 부인을 보고 기분 나쁜 웃음을 지으며 순식간에 꿩의 목을 비틀었다.

이 잔혹한 처사에 부인은 날카로운 소리를 지르면서 외쳤다.

"아, 이런 잔인한 사람, 당신은 악귀예요. 악귀 같은 사람이 아니라면 이런 짓을 할 수는 없어요……! 당신 같은 사람과 함께 살 바에는 죽는 게 나아요."

　여자는 벌떡 일어나서 신발도 제대로 신지 않고 밖
으로 뛰어나갔다. 남편이 부인의 소매를 잡았지만, 여
자는 손을 뿌리치고 계속 뛰어갔다. 뛰면서 울고 또
울었다. 맨발이었지만 뛰는 걸 멈추지 않았다. 마을
에 도착하자 여자는 곧바로 지토의 저택에 찾아갔다.
커다란 눈물방울을 뚝뚝 흘리면서 지토에게 모든 사

실을 다 밝혔다. 전날 밤에 꿈속에서 시아버지를 본 일, 몰래 쌀뒤주 안에 꿩을 숨긴 일, 그럼에도 남편이 자신을 깔보면서 꿩을 죽여 버린 일.

지토는 여자를 다정하게 대하고, 여자를 위로해 주라고 명했다. 그리고 부하들을 시켜 남편을 잡아 오도록 했다.

다음 날, 남편은 재판을 받기 위해 끌려 나왔다. 남편이 꿩을 죽인 사실을 자백한 후에 판결이 내려졌다. 지토는 이렇게 말했다.

"네가 한 짓은 고약한 마음이 없으면 할 수 없는 짓이다. 이런 고약한 놈이 우리 마을에 산다는 건 마을의 불행이다. 이 지토가 다스리는 지역 사람들은 하나같이 효심을 중요하게 여긴다. 너 같은 놈이 그런 사람들과 함께 사는 일은 용납할 수 없다."

이렇게 농사꾼은 토지에서 쫓겨났다. 지토는 농사꾼에게 만약 마을로 돌아오면 사형에 처하겠다고 했다. 여자에게는 땅을 주고 나중에는 좋은 남편도 중매해 주었다고 한다.

츄고로 이야기

옛날 옛적에 에도의 코이시카와 근처에 스즈키라는 하타모토(에도시대 쇼군 직속의 고위급 무사)가 있었다. 그의 저택은 에도가와 강변에 있는 나카노하시라는 다리에서 별로 멀지 않은 곳에 있었다. 스즈키의 부하 중에 아시가루(사무라이 가문에 고용된 하급 보병)인 츄고로가 있었다. 츄고로는 상당한 미남에 영리하고 붙임성도 좋아 동료들에게 인기가 많았다. 츄고로는 스즈키 가문을 모신 여러 해 동안 전혀 빈틈없이 열심히 일했다.

그런 츄고로가 언제부터인가 밤마다 마당을 가로질러 저택을 빠져나가서 동트기 조금 전에야 돌아오기 시작했다. 다른 병사들은 이내 그 사실을 알아차렸다. 처음에는 동료 중 누구도 이 기묘한 행동에 대해 무어라 하지 않았다. 츄고로가 저택을 비워도 일상적인 근무에는 아무런 지장이 없었기 때문이다. 다른 병사들은 모두 츄고로가 연애하는 게 틀림없다고 생각했다.

그러나 며칠 지나자 츄고로의 안색이 창백해지고 몸이 허약해지기 시작했다. 동료들은 이건 보통 일이 아니라고 생각했다. 츄고로가 연애 때문에 정말 미친 게 아닌가 하고 걱정했다. 사생활 문제라 주제넘은 질문일 수도 있지만 한번 직접 물어보기로 했다. 그래서 어느 날 저녁 츄고로가 저택을 막 빠져나가려고 할 때 선배 병사가 그를 자기 쪽으로 불러서 이렇게 말했다.

"츄고로, 자네가 매일 밤 저택을 빠져나가서 새벽까지 외박하고 있다는 사실을 우리 모두 알고 있다네. 그런데 자네 안색이 최근에 너무 좋지 않아. 혹시 누군가 나쁜 놈과 깊이 얽혀서 몸을 망치고 있는 건 아닌지 걱정이 되네. 자네 입으로 자네의 이런 행동에 대해 앞뒤가 맞는 설명을 해 주면 좋겠네. 그렇지 않으면 우리는 이 건을 대장님께 말씀드려야겠네. 그런데 츄고로, 어쨌든 우리는 서로 동료 사이 아닌가. 자네가 무엇 때문에 이 가문의 규칙을 어기면서 매일 밤 밖으로 나가는지 그 이유를 들려줬으면 좋겠어.”

츄고로는 매우 놀라 곤혹스러운 표정을 지었다. 그는 잠시 가만히 굳어 있다가 마당으로 나갔다. 선배 병사도 같이 따라 나갔다. 다른 사람들이 엿들을 염려가 없는 곳까지 가자 츄고로가 발걸음을 멈췄다. 그리고 말했다.

“모든 것을 다 말하겠습니다. 하지만 부디 비밀을 지켜 주십시오. 제가 말한 내용을 다른 사람에게 말하면 저에게 큰 불행이 닥칠지도 모릅니다.

다섯 달쯤 전, 아직 초봄 무렵이었습니다. 그날이 좋아하는 여자가 생겨서 처음으로 한밤중에 외출한 날 밤입니다. 그날 저녁 부모님을 뵙고 저택으로 돌아오는 길에 어떤 여자가 강변에 서 있는 걸 보았습니다. 그곳은 저택 입구에서 별로 멀지 않은 곳인데 그 여인은 높은 지위의 여성들이 입는 옷을 입고 있었습니다. 저렇게 훌륭한 옷차림을 한 여인이 왜 이런 시각에 혼자서 이런 장소에 서 있는지 매우 이상했습니다. 그렇지만 여쭈어보는 것도 외람된 일이기 때문에 말을 붙이지 않고 그냥 옆으로 지나가려고 했습니다. 그러자 그 여인이 앞으로 다가오더니 제 소매를 잡아

당겼습니다. 자세히 보니까 여인은 매우 젊고 예뻤습니다. 그리고 그 여인은 이렇게 말했습니다.

'저 다리까지 같이 가 주시겠어요? 당신께 부탁드릴 게 있어요.'

매우 온화하고 기분 좋은 목소리였습니다. 그녀가 말하면서 미소를 지었는데 그 미소는 도저히 거역할 수 없는 미소였습니다. 그래서 저는 그 여인과 같이 다리 쪽으로 걸어 갔습니다. 그런데 걸어가면서 그 여인이 말하기를 전부터 제가 저택에 출입하는 것을 여러 번 보았다, 그리고 제가 좋아졌다, 그러니,

'제 남편이 되어 주셨으면 좋겠습니다.'

하고 말하는 게 아닙니까. ― 그리고,

'당신께서 저를 좋아해 주신다면 우리 둘 다 매우 행복해질 거예요.'

그런 말을 들으니 저는 뭐라고 대답해야 좋을지 몰랐습니다. 그렇지만 속으로는 예쁜 여자라고 생각했습니다. 다리 가까이 왔을 때 여인은 다시 제 소매를 끌고 강둑으로 내려가더니 물가까지 저를 데리고 갔습니다.

'저랑 함께 가 주세요.'

이렇게 속삭이더니 여인은 저를 물 쪽으로 끌고 갔

습니다. 그 근처는 잘 아시겠지만, 물이 깊은 곳입니다. 갑자기 여자가 무서워져서 저는 되돌아오려고 했지만, 여자는 웃으면서 제 손목을 꼭 잡은 채로 말했습니다.

'저와 같이 있으니까 무서워하지 않아도 돼요.'

여자의 손이 닿는 순간 저는 분별없는 어린 아기처럼 되고 말았습니다. 꿈속에서처럼 뛰어가려고 해도 손발이 움직이지 않는, 그런 느낌이었습니다. 여자는 점점 깊은 물 속으로 들어갔어요. 그리고 저를 끌어당겼어요. 제게는 아무것도 보이지도 않고 들리지도 않고 느껴지지도 않았고, 정신을 차려보니 여자 옆에 나란히 서서 눈 부신 빛이 나는 커다란 궁전 같은 곳으로 걸어 들어가고 있었습니다. 그곳은 젖어 있지도 않고, 차갑지도 않고, 주위가 모두 물기 없이 말라 있고, 따뜻하고 아름다웠습니다. 여자는 제 손을 잡고 안내해 주었습니다. 방들을 차례차례 지나갔습니다. 방이 참 많았습니다. 어디에도 인기척이 없고 모두 깨끗했습니다. 그리고 마지막으로 다다미 1000장(약 500평) 정도 되는 객실로 들어갔습니다. 안쪽 끝 커다란 상좌 옆에는 등불이 밝혀져 있고 축하 자리처럼 방석이 깔려 있습니다. 그러나 손님들의 모습은 보이지 않습니다. 여자는 저를 상좌 근처의 상석으로 안내하고 제 앞에 앉아 이렇게 말했습니다.

'여기가 우리 집입니다. 우리 여기서 같이 행복해질 수 있다고 생각하지 않으세요?'

그렇게 묻고 미소를 지었습니다. 그 미소만큼 아름다운 것은 이 세상에 없을 거라고 생각했습니다. 저는 마음으로부터,

'네…….'

하고 답했습니다. 그와 동시에 우라시마7 이야기가 떠올랐습니다. 용왕의 딸을 구해 준 젊은 어부 이야기 말입니다. 그리고 이 여자는 신의 딸이 아닐까 하고 생각했습니다. 그러나 물어보는 것이 실례가 될까 봐 아무것도 물어보지 않았습니다……. 잠시 후, 하녀들이 술과 요리 그릇을 여러 개 가져와서 우리 앞에 차려 놓았습니다. 제 앞에 앉아 있던 그 여인이 제게 말했습니다.

'오늘 밤은 우리의 혼례 첫날밤입니다. 당신께서 저를 좋아해 주셨습니다. 지금 이게 우리의 혼례 잔치입니다.'

우리는 서로 영원한 부부의 연을 맺었습니다. 잔치가 끝난 후 우리는 준비된 신혼 방으로 가도록 안내받

았습니다.

　다음 날 아침 아직 이른 시간에 여자가 저를 깨우고 이렇게 말했습니다.

　'사랑스러운 분, 당신은 이제 진짜로 제 남편입니다. 그렇지만 밝힐 수 없는 연유가 있어서 우리 결혼은 비밀로 해야 합니다. 그 이유는 묻지 마세요. 날이 밝을 때까지 당신을 여기 머물게 하면 둘 다 목숨이 위태로워집니다. 그래서 지금 당신을 당신 주군 저택에 모셔다 드리려고 하니 제발 불쾌하게 생각지 마시고 오늘 밤 다시 나와 주세요. 그리고 앞으로 매일 밤 처음 만난 시각에 다리 앞에서 저를 기다려 주세요. 오래 기다리게 하지는 않겠습니다. 다만 우리가 결혼한 사실을 비밀로 해야 한다는 것은 꿈에도 잊지 마세요. 만일 발설하시면 우리는 영원히 부부의 연을 끊지 않으면 안 됩니다.'

　저는 이 얘기를 듣고는 용궁을 떠날 때 공주가 어떤 일이 있어도 열어보지 말라며 주었던 상자를 연 뒤 백발의 노인으로 변한 우라시마의 운명이 떠올라서 여자가 하는 말을 들림없이 따르겠다고 약속했습니다. 그러자 여자는 인기척 없는 아름다운 방들을 차례차례 지나쳐서 입구까지 저를 안내했습니다. 거기서 다시 제 손목을 잡았습니다. 그러자 모든 것이 갑자기 어두워지고 정신 차려 보니 강둑에 저 혼자 서 있었습니다. 나카노하시 다리 근처였습니다. 저택에 돌아왔을 때는 아직 절에서 아침을 알리는 종소리가 울리기 전이었습니다.

그날 밤에도 여자가 말한 시각에 다시 다리 앞으로 갔습니다. 여자가 기다리고 있었습니다. 지난번과 마찬가지로 여자는 저를 깊은 물 속 멋진 곳으로 데리고 갔습니다. 우리가 신혼의 첫날밤을 지낸 곳입니다. 그다음 날부터 매일 밤 같은 방식으로 여자와 만나고 같은 방식으로 헤어졌습니다. 오늘 밤도 반드시 저를 기다리고 있을 겁니다. 여자를 낙담시킬 바에는 죽는 게 낫습니다. 무슨 일이 있어도 가야 합니다……. 다시 부탁드립니다. 지금 한 이야기는 아무쪼록 발설하지 말아 주십시오."

선배 병사는 이 이야기를 듣고 놀랐다. 이건 보통 일이 아닐뿐더러 위험하다고 느꼈다. 츄고로가 한 말은 거짓이 아닐 것이다. 그러나 진실이라면 불길한 일이다. 아마 츄고로가 체험한 모든 일은 일장춘몽의 환상일지도 모른다. 그것도 어떤 악한 힘이 나쁜 목적으로 만들어낸 환상이 틀림없다. 그러나 츄고로가 진짜로 홀린 거라면 측은하면 측은했지 이 젊은이를 힐책할 일은 아니다. 선불리 일을 크게 만들면 결과는 오히려 안 좋아질 것이다. 그래서 선배 병사는 부드럽게 이렇게 말했다.

"어쨌든 자네가 평온하고 무사하다면 지금 들은 이야기는 발설하지 않겠네. 가서 여자를 만나게나. 하지만 조심하게나! 자네는 뭔지 모를 마성의 영에 홀린 것이라는 생각이 드네."

츄고로는 선배 병사의 주의를 듣고 웃으면서 그대로 길을 나섰다. 하지만 몇 시간이 지나지 않아 저택으로 돌아왔다. 이상하게 낙담해 있었다.

"만났는가?"

선배 병사가 낮은 소리로 물었다.

"아니요."

츄고로가 대답했다.

"없었어요. 약속 장소에 없었던 것은 처음입니다. 두 번 다시 만날 수 없을지도 모릅니다. 당신한테 말한 게 잘못이었습니다. 바보 같이 약속을 어겨 버렸어요……."

선배 병사는 츄고로를 위로했지만 쓸데없는 일이

었다. 츄고로는 누운 채로 아무 말도 하지 않았다. 추위가 덮친 것처럼 머리끝부터 발끝까지 덜덜 떨고 있었다.

절의 종소리가 아침을 알릴 즈음에 츄고로는 일어나려고 했으나 그대로 정신을 잃고 쓰러졌다. 용태는 확실하게 중태였다. 그대로 죽을지도 몰랐다. 병사들은 의사를 불렀다.

"어떻게 된 일이지요? 이 남자는 피가 없습니다."

꼼꼼하게 조사한 의사가 외쳤다.

"핏줄에 물밖에 없어요. 이래서는 살릴 수가 없어요……. 도대체 어떤 나쁜 일이……."

츄고로의 목숨을 살리기 위해 모든 조치를 다 했으나 효과가 없었다. 해가 질 즈음에는 츄고로의 목숨이 끊어졌다. 선배 병사가 모든 것을 털어놓았다.

"아, 그럴 거라고 짐작했습니다."

의사가 말했다.

"이래서는 사람의 힘으로는 무슨 수를 써도 살릴 수 없습니다. 그 여자가 망친 사람은 이 젊은이가 처음이 아닙니다."

"도대체 그 여자는 누굽니까. 어떤 자입니까?"

선배 병사가 물었다.

"여우 여자 같은 겁니까?"

"아닙니다. 젊은 사람의 피를 좋아하는, 아주 오래

전부터 이 강에 붙어사는 여자입니다……."

"뱀 여인 같은 건가요? 아니면 용 여인인가요?"

"아니, 아니. 낮에 그 다리 밑에서 보면 알 수 있습니다. 매우 흉한 짐승입니다."

"도대체 어떤 짐승인가요?"

"그냥 큰 개구리입니다. 보기에도 흉측한 큰 개구리예요."

2부

그리 오래되지 않은 이야기

(편집자 주) 2부에 실은 열한 가지 이야기는 원서에는 제목 없이 따로 묶여 있었습니다. 이를 '그리 오래되지 않은 이야기'로 이름 붙입니다. 1부가 모두 옛날 이야기로 구성되어 있다면, 2부는 고양이, 반딧불이, 풀종다리 등 모든 살아 있는 것들에 대한 야쿠모의 애정이 듬뿍 담긴 단편들이 자리하고 있습니다.

어느 여인의 일기

며칠 전 어떤 원고를 받았다. 나는 왠지 모르게 그 원고에 관심이 갔다. 17매의 길쭉한 부드러운 종이를 비단실로 철한 원고인데 표지에는 맵시 있는 일본 글자가 쓰여 있었다. 일종의 일기다. 한 여자가 결혼하여 살아온 나날을 손수 기록한 것이다. 이 일기는 여자의 유품이었던 작은 바늘 상자에서 나왔다.

원고를 빌려준 친구는 발표할 가치가 있다고 생각한다면 영어로 마음껏 번역해도 좋다고 했다. 나는 그 뜻에 감사했다. 이건 다시없는 기회다. 이번 기회에 평범한 일본 서민 여인의 생각과 느낌, 기쁨과 슬픔을 영어로 번역해 보자고 마음먹었다. 이 글은 여자 손으로 매우 솔직하게 쓴 있는 그대로의 일기다. 조심스럽게 마음을 울리는 이 기록을 세상을 떠난 본인은 다른 나라 사람들이 보게 되리라고는 꿈에도 생각하지 못했으리라.

이 착한 여인에게 경의를 표하며 여자의 혼이 혹시 아직 현세에 머물러 내가 쓴 번역문을 읽는다고 하더라도 조금도 기분 나쁘지 않도록, 이 초고를 주의 깊게 다루고 싶다. 원고 가운데 어떤 부분은 생략했다. 너무나도 존엄한 마음이 기록되어 있었기 때문이다. 또 역주를 붙인다고 하더라도 독자들이 이해하기 어려운 현지의 신앙, 습관에 관련된 자세한 부분도 몇 가지 생략했다. 물론 이름도 바꾸었다. 그 외는 가능하면 본문에 충실하도록 영역했다. 일본어 원문을 직역하면 의미를 전할 수 없는 경우를 제외하고 일언일구 바꾸지 않았다.

일기에 기록된 사실 이외에는 여인의 신원에 대해서 거의 아무것도 알 수 없었다. 가장 가난한 계급의 여인이고 여인의 글에서 유추하면 서른 가까이 되어서도 미혼이었던 것 같다. 여동생이 몇 년 전에 먼저 결혼했다. 일기에는 왜 일반적인 관습과는 다른 일이 그녀에게 일어났는지에 관해서는 설명이 없다. 초고와 함께 발견된 작은 사진을 보면 여자는 결코 미인이라고는 할 수 없다. 여인의 얼굴은 착하고 내성적인 사람이 가진 표정을 하고 있다. 남편의 직업은 소사이고 월급은 10엔, 큰 관청에 근무하고 있고 주로 야근이었다. 가계를 돕기 위해 여자는 담배를 마는 부업을 하고 있었다.

초고를 보면 여자는 몇 년 정도는 학교에 다녔던 것 같다. 카나(일본 글자, 히라가나와 가타카나) 글자 솜씨는 좋았다. 그러나 한자는 별로 안 배운 듯했다. 그래서 글 내용은 마치 초등학생 작품 같았다. 도쿄 말투, 그것도 서민 동네 말로 적혀져 있었고 대개가 관용적인 말투로 쓰여 있었지만 투박한 점은 하나도 없었다.

매일매일 생활에 끊임없이 쫓기면서 고생하고 있는 가난한 여자가 남이 읽으리라고는 꿈에도 생각하지 않았을 일들을 왜 일부러 힘들여 적어 놓았는지 궁금해하는 독자들도 있을지 모른다. 이런 의문을 가진 사람들에게는 "슬픔을 위로할 수 있는 가장 좋은 약은 글을 쓰는 일"이라는 일본에서 예부터 내려오는 가르침을 알려 주고 싶다. 그리고 일본에서는 극빈 계층 사이에서도 슬프든 기쁘든 31문자의 노래[1]를 읊는 문화가 있다는 사실도 알려 주고 싶다. 일기 뒷부분은 병상의 고독 속에서 쓴 것이다. 외로움을 이기지 못하고 괴로운 나머지, 마음을 강하게 먹으려고 썼으리라 생각된다. 여인은 세상을 뜨기 얼마 전에 마음이 무너졌다. 마지막 몇 페이지는 나아질 기미가 없는 나약한 육체와 맞서 싸운 담대한 정신을 보여 준다.

초고 표지에는 「옛날이야기(A Story of Old Times)」라는 제목이 붙어 있었다. '옛날'이라는 말은 상황에 따라서는 수 세기 전의 '아주 오래된'을 가리키는 경우도 있고, 개인 경험상의 과거 '오래된 시기'를 가리킬 수도 있다. 이 경우에는 명백하게 후자이다.

골동

＊

옛날이야기

메이지 28년(1895년) 9월 25일 저녁, 앞집 남자가 찾아와 물었다.

"댁의 첫째 따님은 결혼 생각이 없으십니까?"

아버지는 대답했다.

"생각은 있습니다만, 아직 결혼할 준비가 되어 있지 않습니다."[2]

앞집 남자가 말했다.

"이번 경우는 아무 준비도 필요 없습니다. 댁의 따님을 제가 말씀드리는 분께 보내지 않으시겠습니까? 아주 성실한 사람이랍니다. 나이는 서른여덟, 댁의 장녀가 스물여섯쯤 됐다고 알고 있어서 저쪽 집안 분에게 말씀드려 봤습니다만……."

"아닙니다. 스물아홉입니다."

"아, 그러시군요. 그렇다면 저쪽 집안 분에게 다시 말씀을 드려 봐야겠습니다. 상의해 보고 돌아와서 다시 말씀드리겠습니다."

그렇게 말하고 앞집 남자는 떠나갔다.

다음 날 저녁 앞집 남자가 다시 찾아왔다. 이번에는 오카다 씨(집안 친구) 부인까지 같이 와서 이렇게 말했다.

"저쪽 집안에서는 상관없다고 합니다. 만약 여러분도 괜찮으시다면 혼담을 진행하려고 합니다."

아버지가 대답했다.

"이 두 사람 다 칠적금(七赤金)[3]입니다. 서로 궁합이 맞으니까 나쁘게 되지는 않을 것 같습니다."

앞집 남자가 말했다.

"그럼 내일이라도 선을 보는 게 어떨까요?"

아버지가 말했다.

"어쨌든 이 모든 게 인연이라고 생각합니다……. 그럼 내일 저녁 오카다 씨 댁에서 만나 뵙기로 하면 어떻겠습니까?"

이렇게 양쪽에서 이야기가 진행되었다.

다음 날 저녁, 앞집 남자가 나를 오카다 씨 댁에 데려가려고 찾아왔지만, 처음부터 그렇게 가면 승낙하든 거절하든 마음대로 할 수 없을 것 같아서 나는 어머니와 둘이서 가겠다고 했다.

어머니와 오카다 씨 댁에 가니까 오카다 씨는 우리를 반기며 집 안쪽으로 안내했다. 거기서 처음으로 맞선 상대인 나미키 씨를 소개받고 인사를 나누었다. 그렇지만 부끄러워서 얼굴을 들고 제대로 볼 수 없었다.

그러자 오카다 씨가 나미키 씨에게 말했다.

"댁에 돌아가서도 상의할 분도 없으시니까 '좋은 일은 서둘러라'라는 속담도 있듯이 행운은 발견한 그 자리에서 바로 줍는 게 좋지 않겠습니까?"

나미키 씨에게서 대답이 돌아왔다.

"저는 참으로 좋습니다. 상대분 생각은 어떠신지 알고 싶습니다."

"이미 들으셨겠지만, 저 같은 사람도 괜찮으시다면……."

내가 이렇게 대답하자 중매인이 말했다.

"그렇다면 혼례는 어느 날이 좋겠습니까?"

나미키 씨가 대답했다.

"저는 내일은 집에 있을 수 있지만, 시월 초하루가 아마도 날이 더 좋으리라 생각합니다."

그렇지만 오카다 씨가 즉석에서 대답했다.

"나미키 씨가 야근으로 집을 비우게 되면 안 되니까 내일이 좋지 않을까 합니다. 어떠신지요?"

나는 아무리 그래도 그건 너무 빠르다는 생각이 들었지만, 이내 내일은 만사가 좋다는 대안일(大安日)[4]

이라는 것이 생각나서 나도 좋다고 했다. 그리고 어머니와 같이 집으로 돌아왔다.

　아버지에게 보고하니 언짢아하셨다. 내일은 너무 빠르다, 적어도 3~4일은 여유가 있어야 한다고 아버지가 말했다. 그리고 방향5도 안 좋고 다른 일로도 마음에 들지 않는다고 했다.

　나는 이렇게 대답했다.

　"하지만 이미 약속했고 이제 와서 날을 바꾸자고 말할 수는 없습니다. (나미키 씨가) 집을 비운 사이에 도둑이라도 들어오면 큰일입니다. 방향이 나쁘다는 점 때문에, 만약 그 때문에 제가 죽게 된다고 하더라도 불만은 없습니다. 남편 집에서 죽는 것이니까요……. 그리고 저는,"

　나는 덧붙여 말했다.

　"내일은 바빠서 고토(여동생 남편)에게 갈 수 없을 테니까 지금 다녀오겠습니다."

　나는 고토의 집에 갔지만, 막상 고토를 보니 내일 결혼한다고 똑바로 말하는 게 무서워져서 이런 식으로 얘기를 꺼냈다.

　"내일 다른 집으로 갑니다."

고토는 곧바로 물었다.

"시집가는 겁니까?"

약간 머뭇거리면서

"네."

하고 대답하니까 고토가 물었다.

"어떤 사람입니까?"

내가 대답했다.

"어떤 사람이라고 확실하게 얘기할 정도로 오래 볼 수 있으리라 생각했으면 어머니에게 굳이 같이 가자고 하지는 않았을 겁니다."

"처형!"

제부가 큰 소리로 말했다.

"그럼 도대체 뭘 하러 맞선을 보러 간 건가요……?"

그러나 제부는 이내 밝은 소리로 다시 말했다.

"어쨌든 축하합니다. 행복하게 지내세요."

"고맙습니다. 저는 이제 집을 떠납니다."

그렇게 말하고 집으로 돌아왔다.

혼례 날(9월 28일)이 되자 할 일이 너무 많아서 도대체 언제 준비가 다 끝날지 짐작도 되지 않았다. 게다가 전날까지 며칠 동안 비가 내렸기 때문에 길이 굉장히 안 좋아서 준비하는 데 더욱 애를 먹었다. 하지만 다행히도 당일에는 비가 오지 않았다. 여러 가지 자잘한 물건들을 사야 했다. 어머니의 도움을 받고 싶었지만 부탁드리기가 망설여졌다. 어머니는 나이가 드셔서 다리가 매우 약해지셨기 때문이다. 그래서 아침 일찍 혼자 나가서 할 수 있는 일을 했다. 오후 2시가 되어서야 필요한 걸 전부 갖출 수 있었다.

그다음에 머리하는 집으로 가서 머리를 하고 목욕탕에 갔다. — 모든 일에 시간이 꽤 걸렸다. 옷을 갈아입으려고 집에 돌아왔는데 나미키 씨로부터 아직 아무런 연락도 없다는 사실을 알고 조금 불안해졌다. 저녁밥을 다 먹어갈 때 즈음에 전갈이 왔다. 나는 가족들에게 작별 인사를 하고 집을 나섰다. 이젠 두 번 다시 돌아오지 않을 집이다. 그리고 어머니와 같이 오카다 씨 댁으로 향했다.

거기서 어머니와도 헤어져야 했다. 오카다 씨 부인이 들러리를 서 주어서 후나마치에 있는 나미키 씨 댁까지 부인을 따라갔다.

삼삼구도(三三九度)[6]의 잔을 올리는 혼례 의식은 순조롭게 진행됐다. 생각보다 식은 빨리 끝났다. 손님들도 모두 돌아갔다.

나미키 씨와 나, 우리 둘만 남게 되었고 처음으로 얼굴을 마주 보고 앉았다. 심장이 심하게 뛰었다. 그 부끄러움은 먹과 종이로는 도저히 나타낼 수 있는 감정이 아니다.

그때 내가 느낀 감정은 처음으로 부모의 집을 떠나서 모르는 사람의 집에서 신부가 되어본 사람만이 알 수 있을 것이다.

그다음 날, 우리 둘은 함께 식사를 했는데, 매우 쑥스러웠다⋯⋯.

이삼일 후, 남편의 전처(전처는 사망했다)의 아버님이 나를 찾아와서 이렇게 말했다.

"나미키 씨는 정말 좋은 사람입니다. 사람이 선하고 한결같습니다. 하지만 사소한 일에도 고지식하고 까다롭습니다. 잘 신경 써서 마음에 들도록 하십시오."

처음부터 남편의 행동을 유심히 살펴보니 과연 매우 엄격한 사람이라는 걸 알 수 있었다. 그래서 어떤 일이든지 남편 신경에 거슬리지 않도록 조심해서 행동하자고 마음먹었다.

10월 5일은 첫 친정 나들이 날이었다. 우리는 처음으로 함께 외출했다. 친정으로 가는 도중에 고토의 집에 들렀다. 고토의 집을 나오니 날이 흐려지면서 비가 오기 시작했다. 우산을 하나 빌려서 남편과 같이 썼다.7 그렇게 둘이 걸어가는 모습을 집 근처 사람들이 볼까 봐 안절부절못했지만, 다행히 아무에게도 들키지 않고 친정집에 도착했다. 부모님께도 무사히 인사를 마쳤다. 친정집에 있는 동안 다행히 비가 그쳤다.

10월 9일, 처음으로 남편과 둘이 연극을 보러 갔다. 아카사카의 엔기자(演技座) 극장에서 야마구치자(山口座) 극단의 공연을 보았다.

11월 8일, 우리 두 사람이 센소지 절8에 참배하러 갔다. 그리고 (신도 사당인) 오토리사마에도 갔다.
12월에는 남편과 나를 위해 봄옷을 지었다. 바느질이 이렇게 즐거운 일인지 처음으로 알았다. 매우 행복했다.

12월 25일, 남편과 둘이서 텐진사마9에게 참배하고 경내를 산책했다.

메이지 29년(1896년) 1월 11일, 오카다 씨 댁을 방문했다.

1월 12일, 둘이서 고토의 집에 가서 즐거운 시간을 보냈다.

2월 9일, 둘이서 미자키좌 극장에 가서 〈이모세야마〉를 보았다. 돌아오는 도중에 우연히 고토를 만나 같이 왔다. 귀가할 때 하필이면 비가 와서 길이 진흙탕이 되었다.

2월 22일, 아마노 사진관에서 남편과 함께 사진을 찍었다.

3월 25일, 둘이서 하루키자 극장에 가서 〈우구이스즈카(앵무새 무덤)〉을 보았다.

이달에는 모두(친척, 친구, 부모)와 같이 즐겁게 꽃구경을 하러 가기로 했었는데 날짜가 맞지 않아 가지 못했다.

4월 10일, 아침 9시, 둘이서 외출했다. 우선 쿠단의 쇼콘샤 신사에 갔다. 거기에서 우에노 공원까지 걸어갔다. 그리고 다시 아사쿠사로 가서 관음보살을 참배했다. 또 몬제키(히가시 혼간지 절)에도 참배했다. 거기서 아사쿠사 오쿠야마로 돌아올 생각이었다. 우선 식사부터 하자고 해서 어느 식당에 들어갔다. 식사 중에 시끄러운 소리가 나고 비명이 들려서 밖에서 큰 싸움이 일어난 줄 알았다. 그런데 그 소동이 일어난 건 실은 구경거리 공연 중에 불이 났기 때문이었다. 우리가 구경하고 있는 사이에도 불이 번져서 거리의 구경거리 가설극장이 전부 불에 탔다……. 우리는 곧바로 식당을 나와 이것저것 구경하면서 아사쿠사 근처를 산책했다.

(이다음부터는 여자가 쓴 노래가 초고에 실려 있다.)

이마도의 선착장 건너편에서
서로 만나본 적도 없는 사람과
이상하게도 세 번씩이나 만나서
미메구리이나리 신사에서
이렇게 부부가 되어 버렸네
처음 본 그 인상에 끌려 버려서
어느새 내 마음도 스미다강에 왔네
다정하게 붙어 다니는 한 쌍의 붉은부리갈매기
사람들이 부러워하니 나 또한 으쓱하네

어우러져 피어난 강둑의 꽃보다도
꽃보다도 더 좋은 바로 이 사람과
흰 수염이 숲처럼 우거질 그날까지
끝까지 함께하고 싶다고 기도한다네

(이것을 자유롭게 번역하면 다음과 같다.)

이마도의 선착장에서 이상하게도 나는 전에 본 적이 없는 사람과 만났다. 미메구리이나리 신사였다. 이 맞선에서 우리 두 사람은 부부를 넘어서 그 이상의 사이가 되었다. 처음에는 '언제까지 함께 할 수 있을까'라고 생각했지만, 걱정은 사라지고 내 마음은 언젠가부터 맑은 스미다강. 지금은 붉은부리갈매기와 같이 항상 함께 있는 한 쌍의 두 사람, 사람들이 부러워하는 몸이 되었다. (꽃구경하러 외출한) 강둑에 가득 피어난 꽃을 보는 것도 즐겁지만, 지금 내가 염원하는 건 언제까지나 이 사람과, 어떤 꽃보다도 소중하고 다정한 이 사람과 함께 살아가며 백년해로하는 것. 부디 우리가 오래도록 함께할 수 있기를 하느님께 기원합니다.

…… 그리고서 우리는 아즈마 다리를 건너 귀갓길에 나섰다. 증기선을 타고 소가 형제의 불상 공개식[10]에 갔다. 부부가 원만하고, 형제자매 모두 사이좋게 지내길 기도했다. 오후 7시가 지나서 집에 돌아왔다.

같은 달 25일 둘이서 로쿠모노요세[11] 구경을 갔다.

＊＊＊

5월 2일, 둘이서 오쿠보의 정원에 진달래꽃 구경을 하러 갔다.

5월 6일, 쇼콘샤에 불꽃놀이 구경을 하러 갔다.

지금까지는 부부 사이에 풍파가 일어난 적은 없었다. 그리고 이제는 우리가 함께 외출하거나 구경을 하러 갈 때에도 부끄럽지 않다. 우리가 상대방의 마음에 들기 위해 노력했기 때문인 것 같다. 앞으로 무슨 일이 있어도 두 사람 사이가 틀어지는 일은 없을 것이다……. 우리 부부가 언제까지나 행복하기를.

6월 18일, 스가신사(요쓰야 지역에 있는 신사) 축제였다. 우리는 아버지 댁에 초대되었다. 그런데 머리를 부탁한 미용사가 시간 약속을 지키지 않아서 매우 난

감했다. 오토리(여동생)와 함께 아버지 댁에 갔다. 잠시 후에 오코(시집간 여동생)도 왔다. 다 같이 즐거운 시간을 보냈다. 저녁에는 고토(오코의 남편)도 왔다. 그리고 제시간에 오지 않아서 걱정했던 남편도 마지막에 나타났다. 매우 기쁜 일도 있었다. 둘이서 같이 외출할 때 내가 만든 새 봄옷을 입으라고 몇 번이나 권했는데도 남편은 항상 마다하고 헌 옷을 입고 나갔다. 그런데 오늘은 새 봄옷을 입고 있었다. 아버지에게 초대받았기 때문에 입어야겠다고 생각했던 것 같다……. 이렇게 모두 한자리에 행복하게 모일 수 있어서 분위기가 좋았다. 헤어질 즈음에는 여름밤이 짧은 것을 모두 아쉬워했다.

다음 노래와 하이쿠는 그날 저녁에 읊은 것들이다.

두 부부 모여
함께 축하드리는
조상신 축제
오늘은 함께라서
더욱 화려하구나

— 나미키(남편)

마을 신 모신

축제 경사스럽다

우리 두 부부끼리

— 나미키(남편)

어느 해든지

흥청거리는구나

조상신 축제

우리 함께 모이니

오늘의 기쁨이여

— 아내

축제 핑계로

일가족이 모이는

즐거움이여

조상신이 내려준

은총을 받았구나

— 아내

두 쌍의 부부

모여서 다정하게

골동   110

지내는 오늘
하늘이 내려 주신
은혜를 입었도다

— 아내

조상신들의
은총이 참 깊구나
우리 부부들

— 아내

축제 날 입은
한 쌍의 아름다운
이요가스리12
오늘 위해 쨌구나
문득 생각해 보니

— 아내

예기치 않게
함께 모인 두 부부
어디에다가
비할 수가 있을까

오늘같이 좋은 날

— 고토(제부)

축제 날 되어

처음으로 모이는

두 쌍의 부부

헤어져야 할 시간

다가오니 슬프네

— 오코(시집간 여동생)

고향 축제에

함께 만난 두 부부

수다를 떠는

시간도 아쉽구나

짧은 여름밤이여

— 오코(시집간 여동생)

7월 5일, 하리마다유가 출연하는 카나자와테이[13]에 가서 〈33간당(三十三間堂)〉이라는 죠류리[14]를 들었다.

8월 1일, 둘이서 아사쿠사 관음당에 참배하러 갔

다. 이날은 남편의 전처 일주기였다. 그리고 아즈마 다리 가까이에 있는 장어집에 가서 점심을 먹었다. 식사하고 있을 때 ─ 마침 정오 무렵이었는데 ─ 지진이 있었다. 강 근처였기 때문에 장어집 건물이 흔들흔들 흔들렸다. 매우 무서웠다.

전에 벚꽃 필 무렵에 아사쿠사에서 큰불을 목격한 적이 있었다. 그 일이 떠올라서 더욱 불안했다. 다음에는 벼락이 치는 것은 아닐까.[15]

두 시경에 장어집을 나와서 아사쿠사 공원에 갔다. 거기서 노면 전차로 간다(神田)까지 가서 시원한 곳에서 잠깐 쉬었다. 돌아오는 길에 아버지 댁에 들렀다. 집에 돌아온 것은 9시가 지나서였다.

8월 15일은 하치만 신사[16] 축제였다. 고토와 내 여동생과 고토의 여동생이 왔다. 모두 같이 신사에 가기로 했으나 ─ 남편이 그날 아침 술을 너무 마셔서 ─ 남편은 빼고 가기로 했다. 하치만 님에게 참배한 후 고토 집에 갔다. 거기서 잠시 머물다 집에 왔다.

9월, 히간날(춘분 또는 추분 전후 3일씩 7일간 행하는 불교 의식)에 혼자서 절에 참배하고 왔다.

10월 21일, 오타카 씨(아마도 친척으로 생각된다)가 시즈오카에서 왔다. 다음 날 연극 구경을 시켜 주려고 하였으나 그녀는 아침 일찍 도쿄를 떠나야 한다고 했다. 그래서 남편과 같이 둘이서만 다음 날 저녁에 류세이자 극장에서 〈마쓰마에 비단 테이츄카가미(松前美談貞忠鑑)〉[17]를 보았다.

* * *

작년 6월 22일, 아버지가 부탁한 기모노 바느질을 시작했다. 그러나 병이 나서 한동안 바느질이 뜻대로 진전되지 않았다. 그래도 겨우 신년(1897년) 설날에 옷을 완성할 수 있었다.

…… 새해에는 아기가 태어날 예정이라서 모두 매우 행복하다. 부모님은 첫 손자를 얼마나 기쁘고 자랑스럽게 여기실까.

* * *

5월 10일, 어머니와 같이 시오가마사마[18] 참배에 다녀왔다. 가는 김에 센가쿠지 절에도 들렀다. 거기서 47인의 무사[19] 묘지와 많은 유품을 보았다. 시나가와에서 신주쿠까지 전차를 타고 돌아왔다. 시오쵸 3번지에서 어머니와 헤어졌다. 집에 돌아오니 오후 6시였다.

＊＊

6월 8일 오후 4시, 남자아이가 태어났다. 우리의 바람대로 나와 아기 모두 무탈했다. 아기는 남편을 많이 닮아서 눈이 크고 검었다……. 그런데 몸집은 아주 작았다. 그도 그럴 것이 8월이 출산 예정이었는데 실제로는 6월에 태어났기 때문이다……. 그날 저녁 7시에 약을 먹이려고 램프 불로 보니 아기가 큰 눈을 뜨고 주위를 둘러보고 있었다. 아기는 그날 밤 우리 어머니 품에서 잠들었다. 7개월 만에 태어난 아기이기 때문에 따뜻하게 해줘야 한다는 말을 들어서 낮이나 밤이나 품에 안고 있기로 했다 .

다음 날 ― 6월 9일 ― 오후 6시 반, 아기가 갑작스레 죽고 말았다…….

'기쁜 시간은 순간이고 또다시 슬픔으로 변한다. 태

어나는 것은 반드시 죽는다.'[20] 이 말은 정말로 이 세
상일을 정확하게 표현한 속담이다.

엄마라고 불린 날이 겨우 하루뿐이라니! 죽는 모습
만을 보이기 위해 태어난 아이였다……! 태어나서 이
틀 만에 죽을 거라면 태어나지 않았으면 좋았을 것을.
작년 12월부터 올해 6월까지 몸 상태가 너무 나빴
다. ― 그러던 것이 조금 편해지고 남자아이가 태어나
서 기뻤었다. 축하 인사도 많이 들었는데, ― 결국 죽
고 말았다……. 정말로 무어라 말할 수 없을 정도로
슬프다.
6월 10일, 오쿠보의 센푸쿠사에서 장례식을 올리고
작은 무덤에 아이를 묻었다.
다음 시는 그때 읊은 노래(단가)다.[21]

생각해 보니!
내 몸 바친다 해도
바꿀 수 없는
패랭이꽃(귀여운 아이) 보내고
소매에 맺힌 이슬

(아, 알 수만 있었다면! 이 꽃22 같은 아이를 위해서라면 내 목숨을 바쳐도 좋겠다고 생각했건만 그 꽃과 죽어서 헤어지니 내 소매는 눈물 이슬로 젖어 있네.)

여름 장마에!
이내 축축해지네
소매 끝자락이여

(아! 장마철이구나! 모든 것이 축축해진다. 내 소맷자락도 젖어 있네.)

그 후 얼마 후에 '솔도파(경문을 적은 가늘고 긴 나뭇조각으로 묘 위에 세운다)를 거꾸로 세우면 이런 불행은 두 번 다시 일어나지 않는다'는 말을 들었다. 그런 일을 하는 게 너무 슬프고 싫었지만 8월 9일에 결국 솔도파를 거꾸로 세웠다.

9월 8일, 남편과 둘이서 아카사카에 연극을 보러 갔다.

10월 18일, 혼자서 혼고의 하루키자 극장에 오쿠보

히코자에몬23 연극을 보러 갔다. 거기서 깜빡하고 신발표를 잃어버려서 다른 손님들이 극장을 다 빠져나갈 때까지 기다려야 했다. 겨우 신발을 찾아서 집에 돌아올 수 있었지만, 밤이 벌써 어두워져서 허전한 마음이 들었다.

1898년 1월 절구(節句)날24, 호리 씨의 숙모와 친구인 우치미 씨 부인과 이야기하고 있을 때였다. 갑자기 가슴이 너무 아팠다. 겁이 나서 장롱 위에 있던 스이텐구(水天宮)25 부적을 찾다가 정신을 잃었다. 두 사람이 친절하게 도와주셔서 곧바로 정신을 차렸지만, 그후 오랫동안 몸 상태가 좋지 않았다.

* * *

4월 10일은 도쿄 천도 30년 축제일26이라서 아버지 집에 다들 모이기로 했다. 나는 먼저 쥬노스케(친척으로 추정)와 같이 가서 아침에 관청으로 출근한 남편을 기다리기로 했다. 우리는 아버지 집에서 8시 반경에 만났다. 그리고 셋이서 시내 구경을 나갔다. 고지마치를 지나서 나가타쵸에, 거기서 사쿠라다몬을 거쳐

히비야매츠케로 가고, 긴자 거리에서 안경다리를 지나 우에노에 갔다. 거기서 이것저것 구경한 다음 다시 메가네 바시(안경다리)에 갔다. 나는 몸이 많이 피곤해져서 집에 가고 싶다고 했다. 남편도 역시 피곤하다며 돌아가자고 했다.

그러나 쥬노스케는 '다이묘 행렬[27]을 볼 수 있는 기회를 놓치고 싶지 않으니까 긴자에 가겠다'고 우겼다. 우리는 쥬노스케와 헤어지고 작은 튀김집에 들어갔다. 생선튀김이 나왔다. 운 좋게도 그 가게에서 다이묘 행렬이 지나가는 것을 보았다. 집에 돌아오니 저녁 6시 반이 되어 있었다.

4월 중순부터 여동생인 토리의 신상에 골치 아픈 일이 많아졌다. (무엇이 문제인지는 쓰여 있지 않다.)

***

메이지 31년(1899년) 8월 19일에 두 번째 아이가 태어났다. 진통도 거의 없었다. 여자아이고 '하쓰'라고 이름 붙였다.

첫 이레째 날28 출산을 도와주었던 사람들을 모두 초대했다.

그 후 어머니가 이틀 정도 집에 머물러 계셨는데 동생 오코가 가슴이 너무 아프다고 연락이 와서 어머니는 오코에게 가야만 했다. 다행히 남편이 쉬는 날이라 남편이 할 수 있는 건 모두 도와주고 빨래까지 해 주었다. 그래도 여자 손이 없어서 매우 힘들었다…….

남편 휴가가 끝난 후 어머니가 여러 번 와 주셨지만, 남편이 없을 때뿐이었다. 21일(위험한 기간)이 이렇게 힘들게 지나갔지만 나와 아이 모두 건강했다.

태어나서 백일이 지날 때까지 항상 딸이 걱정이었다. 숨 쉬는 모습이 괴로워 보였기 때문이다. 그렇지만 염려했던 호흡도 나중에는 좋아져서 하쓰는 건강해진 것처럼 보였다.

그래도 걱정되는 일이 하나 있었다. 하쓰의 한쪽 엄지손가락이 두 개였던 것이다. 남편과 나는 하쓰를 수술시키러 병원에 데려갈 생각을 좀처럼 하지 못했다. 그러다 마침내 근처의 어느 부인이 신주쿠에 있는 솜씨 좋은 외시를 소개해 주어서 가 보기로 했다. 수술하는 동안 남편이 하쓰를 무릎 위에 안고 있었다. 나는 그 모습을 차마 보고 있을 수가 없어서 옆방에서 기다렸는데, 혹시나 수술이 잘못되지는 않을까 걱정되어 견딜 수 없었다. 그러나 (수술이 끝나고 나서) 아기는 별로 아파하지 않는 것 같았다. 그리고 몇 분 후에는 평상시처럼 젖을 빨았다. 내가 기대했던 것보다 수술은 훨씬 성공적으로 끝났다.

하쓰는 집에서도 전과 같이 젖을 잘 빨았다. 하쓰의 작은 몸에 마치 아무 일도 일어나지 않은 것 같았다. 그렇지만 어쨌든 어린 아기니까 혹시라도 수술 때문에 다른 병이 도질까 봐 3주 정도는 매일 병원에 데려갔다. 그렇지만 아픈 곳은 아무 데도 없었다.

메이지 32년(1899년) 3월 3일, 첫 삼짇날[29]에 아버지와 고토한테서 황후님과 아기님 인형을 선물로 받았다. 전통적인 축하 선물인 장롱, 경대, 바늘 상자[30]도 받았다. 남편과 나도 이번 기회에 딸을 위해 찻쟁반과 밥공기 같은 것들을 샀다. 그날 고토와 쥬노스케도 우리를 만나러 왔다. 떠들썩하고 즐거운 하루였다.

4월 3일, 우리는 아나하치만(와세다에 있는 신사)에 참배 가서 아이의 무병장수를 기원했다…….
4월 29일, 하쓰의 몸 상태가 안 좋아 보였다. 우리는 의사를 불렀다.

의사는 아침에 와 주겠다고 약속했지만, 제시간에 오지 않았다. 온종일 기다렸지만, 끝내 오지 않았다. 그다음 날에도 역시 의사는 오지 않았다. 저녁때가 되자 하쓰의 상태가 무척 나빠졌다. 가슴이 엄청 아픈 듯 보였다. 다음 날 해가 밝으면 하쓰를 곧장 의사에게 데려가기로 했다. 밤새 많이 걱정했지만, 다행히 아침에 하쓰의 상태가 조금 나아져서 아카사카에 있는 병원까지 나 혼자서 업고 걸어갔다. 의사에게 진찰을 부탁하니까 아직 환자를 볼 시간이 아니라며 기다리라고 했다.

기다리는 동안 하쓰는 이제껏 한 번도 본 적 없는 심한 울음을 터트렸다. 젖도 빨려고 하지 않았다. 일어서서도 앉아서도 도무지 하쓰를 달랠 수가 없었다. 나는 몹시 불안해졌다. 겨우 의사가 나타나서 진찰을 시작하자 하쓰의 울음소리가 약해지기 시작했다. 입술 색깔이 순식간에 창백해졌다. 나는 잠자코 보고만 있을 수 없어서 "상태는 어떤가요?"라고 물어보았다. "저녁까지 못 버티겠는데"라고 의사가 말했다. "약은 없을까요?"라고 물어보니까 "약을 삼킬 수 있으면 좋겠지만"이라고 대답했다.

빨리 집에 돌아가서 남편하고 부모님들께 이 사실을 알려야겠다고 생각했다. 그러나 정신이 없어서 온몸의 힘이 다 빠져 버렸다. 다행히도 친절한 노부인이 우산이나 다른 물건들을 챙겨 주고 인력거에 타는 걸 도와주었다. 덕분에 인력거를 타고 집에 올 수 있었다. 당장 남편과 아버지에게 하쓰의 상태를 알리도록 사람을 보냈다. 미타의 사모님이 도와주러 오셨다. 사모님도 열심히 아이를 구하려고 모든 수를 다 써 주셨다……. 그래도 남편은 돌아오지 않았다. 여러 가지로 손을 썼지만 결국 소용없었다.

메이지 32년 5월 2일, 우리 아이는 십만억토[31]를 향해서 돌아오지 않는 여행길을 떠났다.

그런데도 우리는, 이 아이의 아빠와 엄마는 아직 살아 있다. 좀 더 좋은 의사에게 보였으면 좋았을 텐데 그리하지 않았기 때문에 아이를 죽게 하고 말았다! 그렇게 생각하니 아이가 너무 가여워서 두 사람 다 모두 괴로웠다. 자책감에 사로잡혔지만 이제 와서 후회해도 소용이 없다.

아기가 죽은 다음 날 의사는 우리에게 말했다. "따님이 걸린 병은 처음부터 아무리 좋은 수를 써서 치료

했더라도 일주일 이상 버티기 힘든 병입니다. 만약 따님이 열 살이나 열한 살 정도였더라면 수술을 해서 살릴 수 있었을지도 모릅니다. 그러나 따님이 아직 너무 어려서 수술은 할 수 없었습니다". 그렇게 말하고 아이는 신장염으로 죽었다고 설명해 주었다⋯⋯.

우리가 이 아이에게 걸었던 꿈, 아이를 돌보느라 애쓴 수고, 그리고 아홉 달 동안 이 아이가 자라나는 모습을 지켜봐온 기쁨은 전부 헛된 것이 되어 버렸다!

그러나 이 아이와 우리들의 인연은 마땅히 전생에서부터 약하고 성겼을 것[32]이라고 생각하니 조금이나마 슬픔을 덜 수 있었다.

애달프고 쓸쓸한 마음을 달래려고 『기다유본』[33]에 나오는 미야기노와 시노부의 이야기를 흉내 내어 내 마음을 나타내 보았다.

얼쑤, 이 집과 연이 있었던 건

생각해 보니 5년 전

이번에 생긴 아이는 여자에

예쁘게 키울 거라고

내 꼴은 전혀 신경도 안 쓰고

소중하게 길렀건만 한심하도다.

이렇게 될 줄은 꿈에도 모르고.

하쓰만은 잘 자라겠지.

무사히 성인이 되면

언젠가 신랑을 얻고

즐겁게 지내길, 어떻게 해서든.

구경도 많이 하고, 잘 놀고,34

제 아이를 소중히 하길 바랐건만,

남편도 하쓰도,

사랑하고 아끼고,

즐겁게 지낸 보람도 없이

부모 자식 사이 된 것은 기쁘지만,

먼저 가는 것을 본 이 엄마의

마음을 어찌 알 수 있으랴.

― 서로 손을 맞잡은 부부가 슬퍼서 울면,

그 울음소리 우연히 들은 사람도

자기도 모르게 따라 울다가

현관의 장지문도 젖을 뿐이니.

하쓰가 죽었을 무렵, 장례식에 관한 법률이 개정되

어 오쿠보에서도 시신을 화장하는 일이 허가되었다. 그래서 나는 법적인 문제가 없다면 하쓰의 시신을 나미키 집안이 선조 대대로 다니고 있는 절로 옮겨 달라고 나미키 씨에게 부탁했다. 그래서 장례식은 진종본원사(眞宗本願寺)파의 아사쿠사에 있는 몬죠지 절에서 거행되었다. 유골은 그곳에 매장되었다.

여동생 오코는 하쓰가 사망했을 즈음에 독감으로 앓아누워 있었다. 그래도 오코는 부음을 받자마자 곧바로 조문하러 와 주었다. 그리고 며칠 후에 다시 와서 자기 병은 다 나았으니 이제 자기 일은 걱정하지 말라고 당부했다.

나는 밖에 나가는 것이 두려워져서 그로부터 한 달정도는 집 밖으로 나가지 않았다. 그러나 사람들에게 인사도 하지 않고 언제까지나 집에 틀어박혀 있을 수는 없어서 마침내 밖에 나갔다. 그리고 아버지와 여동생에게 인사하러 갔다.

* * *

나는 병이 심하게 걸려서 어머니에게 도와달라고 부탁했지만, 어머니는 여동생 오코가 또 병이 나서 요

시(다른 여동생, 여기서 처음 언급된다)도 어머니도 지금
은 오코 옆에 붙어서 간병을 해야 한다고 했다. 나는
부모님에게 아무 도움도 받을 수 없게 되었다. 도와줄
사람이 아무도 없었지만, 근처에 사는 두세 명의 여자
들이 손이 빌 때 와 주었다. 마침내 호리 씨에게 부탁
해서 겨우 적당한 가정부 할머니를 고용할 수 있었다.
할머니가 친절하게 간호해 주어서 건강은 조금씩 좋
아졌다. 8월 초에는 건강을 상당히 되찾았다…….

9월 4일, 여동생 오코가 폐병으로 죽었다.

그전부터 만일의 경우에는[35] 여동생 요시가 오코의
자리에 앉는다는 약속이 있었기 때문에, 고토가 혼자
사는 것은 불편하기도 해서 같은 달 11일에 고토와 요
시가 혼례를 올리고 형식적인 축하연을 치렀다.

9월 마지막 날에 오카다 씨가 갑자기 사망했다.

이런 일이 겹치니 이래저래 비용이 많이 들어서 우
리들도 금전적으로 상당히 어려워졌다.

오코가 죽자마자 요시가 고토에게 시집가게 되었
다는 소식을 들었을 때 나는 아무리 그래도 너무하다
는 생각이 들었다. 그러나 그런 마음을 숨기고 고토와
이전과 똑같이 말하며 지냈다.

11월에 고토는 단신으로 삿포로로 부임했다.

메이지 33년(1900년) 2월 2일, 고토가 귀경하여 2월 14일에 요시를 데리고 다시 홋카이도로 갔다.

***

2월 20일, 오전 6시, 세 번째 아이가 태어났다. 남자아이였다. 나와 아이 모두 건강했다.

— 여자아이인 줄 알았는데 태어난 아이는 남자아이였다. 일을 마치고 돌아온 남편은 아들을 갖게 되었다는 사실을 알고 매우 놀라면서 기뻐했다.

그런데 이 아이는 젖을 제대로 빨지 못했다. 그래서 젖을 물리는 대신 젖병으로 키우기로 했다.

태어난 지 7일째에 아이의 배냇머리를 조금 깎았다. 저녁때 첫 칠일 축하를 했다. 이번에는 가족들만 불렀다.

남편은 얼마 전부터 독감에 걸렸는데 기침이 심해져서 다음 날 아침 일하러 나갈 수 없었다. 그래서 집에 남아 있었다.

이른 아침, 아기는 평소처럼 젖을 빨았다. 그런데 오전 10시쯤 되자 가슴이 매우 아파 보였다. 아이가 이상한 신음을 내기에 우리는 아는 의사를 부르러 사람을 보냈다. 공교롭게도 그 의사는 외출해서 밤늦게까지 돌아오지 않는다고 했다. 그래서 곧바로 다른 의사를 부르러 다시 사람을 보냈다. 그 의사는 저녁때까지는 오겠다고 했다. 그런데 오후 2시쯤에 아이의 상태가 갑자기 안 좋아지더니 오후 3시를 조금 앞두고, 2월 27일, 덧없이 ─ 우리 아기가 죽고 말았다. 겨우 8일간의 목숨이었다…….

나는 혼자서 생각해 보았다. 이 새로운 불행 탓에 남편이 나를 싫어하게 되지는 않겠지만, 이처럼 차례차례로 아이들과 사별하는 건 전생에 내가 저지른 어떤 죄에 대한 벌이 틀림없다. 그렇게 생각하니 내 소맷자락은 결코 마를 일이 없을 것 같았다. 눈물의 비가 그칠 일도, 나를 위해 하늘이 맑게 갤 일도 두 번 다시 없을 거라는 생각이 들었다.

그리고 내 탓으로 이런 가혹한 꼴을 거듭 당해서 혹시라도 남편의 마음이 나쁜 쪽으로 변하지는 않을까 점점 더 불안해졌다. 내 마음속에 이런 불안이 싹

트자 남편 마음도 걱정이 되어 견딜 수 없었다.

그러나 남편은 "천명은 도무지 어쩔 수 없다"는 말을 되풀이할 뿐이었다.

어쨌든 가까운 절에 묘를 쓰면 좀 더 자주 성묘 다닐 수 있겠다 싶어서 장례식은 오쿠보의 센푸쿠지 절에서 지내고 유골을 거기에 묻었다…….

즐거운 일도
깨보면 덧없어라
봄의 꿈이여!36

(모든 즐거움은 사라져 버리고 희망도 없이 나는 남겨졌다. 그저 봄날의 꿈이었다.)

[날짜 없음]
…… 슬픔으로 괴로워한 탓일까. 아이가 죽고 14일37 동안 얼굴과 손발이 조금 부어올랐다.

그러나 결국 별다른 일은 없었고 점차 붓기는 사라졌다……. 이제는 (위험한 시기라고 생각되는) 21일도 지나갔다…….

여기서 이 가엾은 엄마의 일기는 끝난다. 일기 끝에 출산 후 21일이 지나갔다고 쓴 것을 보면 이 마지막 대목은 아마도 3월 13일 또는 14일에 쓴 것이라고 생각된다. 여인은 같은 달 28일에 세상을 떴다.

일본 생활을 잘 모르는 사람들은 이 짤막한 신세타령을 제대로 이해하기는 어려울 것이다. 그러나 여기 기록된 생활의 물질적 조건은 상상하기에 어렵지 않다. ― 부부는 방 두 개짜리 작은 집에 살고 있었다. 다다미 6조 한 칸(약 3평)과 3조 한 칸이다. 남편은 한 달에 1파운드 벌고 있다. 아내는 바느질하고 빨래를 하고, 밥을 짓는다(물론 집 밖에서 한다). ― 가장 추운 대한(大寒) 때에도 난방은 없다. 부부는 집세와는 별도로 하루 7페니 정도의 돈으로 살림을 꾸려나갔으리라 추정된다. 그들은 오락비로 아주 적은 돈을 썼는데, 2페니를 내고 연극을 보거나 기다유의 소리를 들었다. 구경거리는 걸어서 보러 다녔다. 그러나 이런 오락도 그들에게는 사치였다. 꼭 필요한 새 옷을 사거나 친척의 결혼, 출산, 사망 시에 빠뜨릴 수 없는 축의금이나 조위금을 내는 일도 살을 깎는 듯한 검약을 해야 가능했기 때문이다. 도쿄에는 이 사람들보다 더 가난한 생활을 하는 사람들, 즉 한 달에 1파운드 이하의 수입으로 생활하고 있는 사람들이 몇천 명이나 살고 있을 게 틀림없다. 그래도 그 사람들은 언제나 깔끔하고 말쑥하고 쾌활하게 살아가고 있다. 그러나 이러한 조건 아래서는 어지간히 억센 여자가 아니고서는 어린아이를 쉽게 낳아서 기를 수는 없다. 도쿄의 생활은 도쿄보다 힘들면서도 건강한 내륙부의 농민 생활보다 훨씬 더 위험한 생활이다. 그리고 당연하게도 많은 약자가 쓰러지고 죽어간다.

이 일기를 읽는 독자는 이렇게 조심스럽고 착한 여인이 갑자기 전혀 알지 못하던 남자의 아내가 되기를 그렇게도 열렬히 원한다는 걸 기이하게 느낄 것이다. 상대 남자의 성격을 여자는 전혀 모른다. 실제로 일본에서 대부분의 결혼은 여기에 쓴 바와 같이 매우 사무적으로 중매인이 나서서 준비한다. 그러나 이 여인의 경우는 예외적으로 불쌍한 경우다. 그 이유는 가여울 정도로 단순하다. 세상 사람들이 제대로 된 처녀라면 결혼하는 것이 당연하다고 여겼기 때문이다. 어느 정도 나이를 먹었는데도 여자가 미혼인 채로 있으면 부끄러운 일이며 사람들에게 비난의 대상이 된다. 세상이 그런 눈으로 보는 데 대한 두려움이 있기 때문에 이 일기의 작자는 여자로서의 숙명을 다할 수 있는 첫 기회를 놓치지 않기 위해 사력을 다했을 것이다. 그녀는 이미 스물아홉 살이 되었다. 이런 기회는 그녀에게 두 번 다시 오지 않을지도 모른다.

나에게는 자신의 노력과 실패를 다소곳이 써 내려간 이 일기의 핵심적인 의미가 예외적인 외침으로 들리지는 않는다. 오히려 맑은 하늘이나 태양과 마찬가지로 일본인의 생활에서 실제로 흔히 있는 일들이 표현되어 있다고 본다. 순종적으로 남편을 따르고 큰 잘못 없이 의무를 다함으로써 애정을 얻으려고 하는 여인의 갸륵한 각오, 온갖 사소한 친절에 대해 감사하는 마음, 어린이와 같이 천진난만한 신앙심, 어떻게 이렇게까지 철저할 수 있을까 하는 무사무욕, 괴로운 일을 당하면 그 이유를 전세에서 저지른 죄의 응보라고 여기는 불교적 해석, 좌절할 것만 같을 때는 단가나 하이쿠를 지음으로써 슬픔을 억누르려고 하는 마음가짐, 이런 모든 것들이 나를 마음 깊이 감동하게 한다. 아니 감동이라는 말로는 다 표현할 수 없다. 더구나 이 이야기는 예외적인 사례가 아니다. 이 글에 나타난

특징은 전형적이고, 이것이야말로 일본의 서민 여인에게서 쉽게 찾아볼 수 있는 도덕적 특성이다. 참으로 이처럼 꾸미지 않고 더군다나 측은하게 개인의 기쁨과 괴로움을 글로 써서 남길 수 있는 여성은 그녀가 살아온 하층사회에는 그렇게 많지 않을지도 모른다. 그러나 일본에서는 몇백만 명의 여인이 이러한 마음가짐을 의심하지 않고 굳게 믿으면서 까마득한 과거 세대로부터 대대로 그 믿음을 이어 오고 있다. 여인들은 이 일기를 쓴 사람처럼 인생이 의무라고 달관하고, 모두 무사무욕의 정신으로 한결같이 다른 사람들에게 애정을 쏟는 일을 기쁨으로 여기고 있다.

헤이케 게

세계에는 신앙, 사상, 풍습, 예술이 우리(영미권)와는 조금도 공통점이 없기에 우리에게는 그 지역 사람들이 이상하게 여겨지는 나라가 여럿 있다. 그런 나라에서는 그 지역의 자연(그 지역의 식물과 동물)에서도 역시 그 지역과 어울리는 이상한 특징을 지닌 것들이 발견된다. 아마 이런 이국적인 자연의 기묘함(그 기묘함이 어느 정도이든)이 그 지역 사람들이 가진 정신, 즉 우리 서양인들이 보면 이상하게 여기는 사고방식을 키워온 힘이 아닐까. 환경에 따른 식물이나 곤충의 형태 차이를 생물 진화론의 법칙에 따라 해석 가능하다면, 나라마다 서로 다른 사람들의 사고방식이나 감정 또한 진화론적으로 해석할 수 있을 것이다. 어느 민족

의 정신을 발전시켜온 요인으로서 그 민족이 살아온 환경이 그들의 상상력에 미치는 영향을 빠뜨릴 수 없다고 본다.

내가 이런 생각을 하게 된 건 쵸슈(지금의 야마구치현 일대)에서 나에게 게를 한 상자 보냈기 때문이다. 그 게들은 우리 서양인이 흔히 이것이야말로 정말 일본적이라고 생각하는 괴상한 모습이었다. 게 껍데기

는 기묘하게도 사람 얼굴을 닮아 울퉁불퉁했다. ― 일
그러진 그 얼굴은 마치 일본의 공예장인이 예술적 충
동으로 즉흥적으로 파서 만든 탈 같았다.

솜씨 있게 말리고 닦은 두 종류의 게는 외국인에게
'시모노세키'라는 이름으로 널리 알려진 아카마가세
키의 가게에서 항상 팔고 있는 물건이다. 이 게는 그
근처에 있는 단노우라라는 해안에서 잡힌다. 700년
전 단노우라 해전에서 헤이케 가문은 겐지 군대와 싸
우다 멸망했다. 일본 역사를 잘 아는 사람이라면 니이
노아마38가 이 무섭고 끔찍한 상황에서 「사세구(辭世
句)」를 읊은 후에 어린 제왕인 안토쿠 천황을 껴안고
바다에 몸을 던졌다는 옛이야기를 기억하고 있을 것
이다.

이 해안에서 잡히는 괴성망측하게 생긴 게를 지금
은 '헤이케 게'라고 부른다. 살육되거나 익사한 헤이
케 사무라이의 혼이 이처럼 괴상한 모습으로 변했다

는 전설 때문이다. 게 껍데기에 나타난 얼굴에서 숨이 끊어지는 순간의 분노와 고통스러운 표정을 지금도 뚜렷이 가늠할 수 있다. 그러나 이 전설의 로망을 충분히 느끼기 위해서는 단노우라 전투를 그린 오래된 그림이나 색채판화를 잘 알고 있어야 한다. 그 그림들에는 갑옷으로 무장한 무사들이 쇠로 만든 무시무시한 철 가면을 쓰고 두 눈을 부릅뜨고 있다.

작은 게들은 단순히 '헤이케 게'라고 불리며 게 하나하나마다 헤이케이의 일반 사무라이 한 사람 한 사람의 망령이 깃들어 있다고 한다. 그리고 큰 게들은 '대장 게' 또는 '용두(龍頭)'라는 이름으로 불리는데, 이들 큰 게에는 헤이케 군대 대장들의 혼이 깃들어 있다고 한다. 이런 대장들의 투구에는 서양의 문장학(紋章學)에서는 아직 알려지지 않은 괴물, 번쩍번쩍 빛나는 뿔, 금으로 된 용 같은 것들이 장식으로 붙어 있다.

나는 일본인 친구에게 부탁해서 이 책에 올려놓은 두 장의 헤이케 게 그림을 그려 달라고 했다. 그림의 정확성은 내가 보장한다. 그러나 대장들의 투구 같은 것은 친구가 그려 준 대장 게 그림에서도 원래 게 껍데기에서도 찾아볼 수 없었다.

"당신한테는 보이나요?"

내가 물어보니

"보이고 말고요, ― 이런 모습입니다."

친구가 대답하고 다음과 같은 스케치를 그렸다.

"음……. 머리에 쓴 투구는 알아볼 수 있겠군요."

나는 계속 말했다.

"그러나 이 그림이 윤곽은 실물과 같지는 않아요. 그리고 이 얼굴은 기가 빠져서 보름달 같아 보이는군요. 진짜 게 껍데기를 보고 있으면 악몽이 떠올라요!"

반딧불이

1.

일본의 반딧불이에 관해 이야기하고자 한다. 곤충학적인 측면에 관한 이야기가 아니다. 이 주제의 이과적인 측면에 관심을 기울이는 사람은 ─그런 관심은 매우 타당하지만─ 현재 도쿄제국대학에서 강의하고 있는 일본인 생물학 교수로부터 지식을 얻는 게 좋다. 그 교수 이름은 영문으로는 Mr. S. Watase 라고 표기한다. (S는 Shozaburou의 머리글자다.) 와타세 씨는 미국에서 이과계 학문을 공부하고 그곳에서 교단에 선적도 있는 사람인데 강의록을 몇 권이나 미국에서 출간했다.[39] 강의 내용은 동물의 인광, 동물의 전기, 벌레 또는 물고기의 발광기관과 같은 생물학적으로 뛰어나고 흥미로운 주제에 대한 것이다. 반딧불이의 형태, 반딧불이의 생리, 반딧불이의 광도 측정, 발광물질의 화학 작용, 반딧불이 빛의 스펙트럼 분석, 에테르 진동의 견지에서 본 빛의 의미, 이런 주제에 대해 현재 우리가 알고 있는 모든 것을 와타세 교수가 가르쳐 주었다.

와타세 교수는 실험을 통해 일본의 어떤 반딧불이가 내는 빛의 반짝임, 즉 빛의 파동(light-pulsation)이 온도와 환경이 정상적인 상태에 있을 때는 1분에 26회인데, 같은 종류의 반딧불이가 잡혀서 겁을 먹으면 파동 비율이 갑자기 상승해서 1분에 63회나 된다는 사실을 알려 주었다. 그리고 그보다 작은 종류의 반딧불이는 사람 손에 잡혔을 때 빛의 파동이 1분 사이에 200회까지 올라간다는 것을 입증하였다. 와타세 교수의 연구는 발광이 반딧불이의 자기방어적인 기능일 수도 있다는 ─ 즉 송충이와 나비의 '경계색'과 같은 것일 수도 있다는 ─ 점을 시사하고 있다.

반딧불이는 먹으면 아주 쓴 맛이 나기 때문에 새의 입맛에는 맞지 않는다고 한다. (다만, 와타세 교수가 관찰한 바에 따르면 개구리는 맛이 좋든 나쁘든 신경 쓰지 않고 그 차가운 배를 반딧불이로 가득 채우기 때문에 반딧불이 빛이 개구리 가죽을 투과해서 빛날 때도 있다. 그 모습은 마치 촛불이 도자기 항아리를 투과해서 번쩍이는 것 같다고 한다.) 자기방어적인 기능 여부는 차치하더라도 반딧불이의 작은 발전기는 여러 가지 용도로 쓰이고 있다. 예를 들면 전송사진 같은 기능도 한다. 다른 곤충은 소리나 접촉으로 의사소통을 하지만 반딧불이는 감정을 빛의 파동으로 표현한다. 반딧불이는 빛이라는 언어로 말한다……. 독자들은 와타세 교수의 강의 내용이 어떠한지 이런 두세 가지 예만 들어봐도 예상될 것이다. 교수의 강의는 비단 전문적인 이야기만은 아니다. 아울러, 나의 이 (비이과적인) 수필의 가장 흥미로운 부분, 특히 일본에서 반딧불이 잡는 방법이나 파는 방법은 와타세 교수가 작년 도쿄에서 일본인 청중을 대상으로 한 재미있는 강의에서 배운 것이다.

2.

영어로 firefly(반딧불이)의 일본어명은 '호타루(螢)'인데 이 글자는 '虫(벌레 충)'에 '火(화)'가 두 개 나란히

붙은 표의문자다. 그러나 '호타루'라는 말의 진짜 기원은 사실 확실하지 않다. 어원에 대해서는 여러 가지 설이 있다. 어떤 학자들은 이 명칭이 고대의 '불에서 처음 태어난 아이'를 의미한다고 주장한다. 또 다른 학자들은 '호시(별)'와 '타레루(드리우다, 늘어뜨리다)'의

음절이 합성되어 생겼다고 생각한다. 이런 말의 유래는 낭만적인 학설일수록, 아쉽지만 타당성이 없는 듯하다. '호타루'의 어원이 무엇이든 이 곤충을 민간에서 부르는 이름에는 로맨틱한 풍류가 들어있다는 점은 틀림없다.

일본에는 두 종류의 반딧불이가 광범위하게 퍼져 있다. 이 두 종류는 민간에서는 '겐지 반딧불이'와 '헤이케 반딧불이'라고 한다. 전설에 따르면 이들 반딧불이는 옛날 겐지와 헤이케 군사들의 망령이며 그 모습이 비록 곤충으로 변했지만, 12세기에 있었던 무서운 겐페이 전쟁을 꿈에도 잊지 못하고 일 년에 한 번 4월 20일 밤40에 우지강 위에서 일대 전투를 벌인다고 한다. 그래서 그날 밤에는 싸움에 참전할 수 있도록 새장 속의 반딧불이를 전부 밖에 놓아주어야 한다.

겐지 반딧불이는 일본에서 가장 큰 반딧불이다. ─ 적어도 류큐(오키나와)를 제외한 일본 본토에서는 가장 크다. 규슈에서 오슈(현 아오모리, 이와테, 미야기, 후쿠시마의 4현)에 걸치는 거의 모든 곳에서 볼 수 있다. 헤이케 반딧불이는 그보다 더 북쪽에도 분포하고 있고 에조, 즉 홋카이도에 특히 많으며 중부와 남부지방에서도 볼 수 있다. 겐지 반딧불이보다 크기가 작고 빛의 밝기도 약하다. 벌레 장사가 도쿄, 오사카, 교토 등의 도시에서 파는 반딧불이는 큰 쪽이다. 일본인 관찰자는 이 두 종류 모두 반딧불이의 빛은 다갈색이라고 표현한다. ― '다갈색' tea coloured이란 일본인이 평소에 마시는 녹차 색으로서 찻잎의 품질이 좋으면 맑은 녹색이 비치는 노란색이다.

그러나 훌륭한 겐지 반딧불이의 빛은 정말 선명하게 빛나기 때문에 웬만큼 눈이 좋은 사람이 아니고서는 녹색이 비치는 그 빛깔을 식별할 수는 없다. 얼핏 보면 번쩍하고 섬광이 일면서 모닥불의 불꽃처럼 노란색으로 보인다. 다음 하이쿠는 그 번쩍임을 묘사하고 있지만, 이 글이 반딧불이를 그리 과하게 칭송하는 문장이라는 생각은 들지 않는다. ―

햇불이런가
반딧불이 빛나니
겐지로구나

(멀리서 희미하게 보이는 저 빛은 햇불[41]인가, 아니면 반딧불인가, 알 수가 없구나 ― 아, 겐지였구나!)

겐지 반딧불이, 헤이케 반딧불이라는 명칭은 지금도 널리 쓰이고 있지만, 지방마다 이 둘을 달리 부르는 명칭도 여러 가지다. 겐지 반딧불이는 큰 반딧불이, 소(牛) 반딧불이, 곰 반딧불이, 우지 반딧불이라고도 한다. 허무승(虛無僧)[42] 반딧불이라던가 황매화 반딧불이 등 그림에 대한 취향이 물씬 엿보이는 이름도 있지만, 이런 이름의 맛은 대개의 서양인은 잘 모를 것이다. 헤이케 반딧불이도 공주 반딧불이, 아기 반딧불이, 유령 반딧불이 등으로도 불린다. 이것은 일본에서 반딧불이를 지칭하는 수많은 호칭 중에서 일부만 고른 것일 뿐이다. 일본 거의 모든 지역에서 반딧불이의 특별한 속칭을 접할 수 있다.

3.

일본의 많은 지역에 반딧불이 명소가 있다. — 여름이 되면 단순히 반딧불이를 보는 즐거움을 위해 사람들이 그런 곳으로 나들이를 하러 간다. 옛날에는 오미의 비와호수 근처 이시야마와 가까운 작은 골짜기가 특히 유명했다. 이곳은 지금도 호타루타니(반딧불이

골)라 불리고 있다. 겐로쿠 시대(1688~1704) 이전에는 무더운 장마철에 반딧불이가 이 골짜기에 모여드는 풍경은 일본의 자연 광경 중에서도 기묘한 볼거리의 하나로 꼽혔다. 호타루타니의 반딧불이는 지금도 그 크기로 유명하다. 그러나 지금은 옛 문헌에 기록되어 있는 놀랄 정도로 큰 반딧불이 무리는 볼 수 없다.

현재 가장 유명한 반딧불이의 명소는 야마시로 지방의 우지 근처이다. 우지는 차 명산지의 중심에 있는 작고 예쁜 마을로 우지 강가에 있다. 이곳은 우지차로 유명하지만, 차에 못지않게 반딧불이로도 유명하다. 여름이면 임시 열차가 교토와 오사카에서 우지로 수천 명의 반딧불이 구경꾼들을 싣고 온다. 그러나 가장 볼만한 곳은 우지 마을에서 수십 정(1정은 약 109미터) 떨어진 지점인 강 위쪽이며 거기에서 반딧불이 싸움이라는 대단한 스펙터클을 목격할 수 있다. 그곳에서 우지강의 강물은 나무와 식물로 뒤덮인 산 사이를 꾸불꾸불 흘러내린다.

거기에 몇만 마리나 되는 반딧불이가 강변 좌우 언덕에서 화살처럼 날아와서 물 위에서 뭉치거나 흩어지거나 한다. 때로는 뭉친 반딧불이가 빛나는 구름 같기도 하고 또 때로는 섬광을 발하는 커다란 공으로 보이기도 한다. 구름은 순식간에 공중에서 흩어지고 공은 강물 위로 떨어져서 수면에 흩어진다. 떨어진 반딧불이는 빛을 내면서 물결 위로 흘러간다. 그렇게 떠내려가는 반딧불이를 보는 사이에 갑자기 다른 반딧불이 떼가 같은 장소로 몰려온다. 사람들은 강 위에 배를 띄우고 밤새도록 그 광경을 지켜본다.

반딧불이 싸움이 끝나도 강물에 떠내려가는 반딧불이들이 여전히 반짝반짝 빛나고 있어서 우지강의 그 모습이 은하수 같다고 한다. 서양인은 은하를 밀키웨이(Milky Way)라고 부르고 있지만, 일본인은 하늘강(River of Heaven)[43]이라는 시적인 이름으로 부르고 있다. 저명한 여류시인 카가노 치요가 다음의 노래를 지은 건 어쩌면 이와 같은 광경을 본 후일지도 모른다.

강뿐이런가
어둠도 흘러가니
반딧불이네

(흘러가는 건 강물뿐일까? ─ 어둠 그 자체도 흘러가고 있는 건 아닐까……? 오, 반딧불이여……!)

골동　　　　　　　　　　　　　　　　　　　　150

4.

일본에서는 여름 몇 달 동안 반딧불이를 잡아 팔아서 생계를 이어가는 사람들이 많다. 실제로 반딧불이 장사는 규모가 매우 큰 일종의 특별한 생업 수단이다. 이 산업의 중심지는 비와호수 주변, 고슈의 이시야마 근처인데 여러 가게가 전국 각지, 특히 오사카, 교토의 2대 도시로 반딧불이를 출하하고 있다. 성수기에 주요한 가게는 한 집이 60~70명의 반딧불이 잡이를 고용한다. 이 일을 하려면 꽤 훈련이 필요하다. 신참은 하룻밤에 백 마리도 제대로 못 잡는다. 그러나 숙련된 반딧불이 잡이는 하룻밤에 3000마리를 잡는다고 한다. 반딧불이 잡는 법은 매우 단순하지만 보고 있으면 매우 재미있다.

날이 저물면 반딧불이 잡이는 긴 대나무 장대를 어깨에 메고 다갈색의 모기장 천으로 만든 긴 자루를 허리둘레에 띠처럼 감고 나간다. 반딧불이가 출몰하는 나무숲이 있는 장소에 도착하면 ─ 대부분 강이나 연못 둔덕으로 버드나무가 있는 지점 ─ 멈춰 서서 나무들을 찬찬히 관찰한다. 나무들이 더할 나위 없을 정도로 반짝이기 시작하면 망을 준비하고 가장 빛나는 나무에 가까이 가서 긴 장대로 가지를 두들긴다. 움직임이 재빠른 다른 벌레들은 곧바로 날아오를 수 있지만, 반딧불이는 딱정벌레들처럼 그 충격으로 땅바닥에 뚝뚝 떨어진다. 어디에 떨어졌는지는 반딧불이 빛으로 — 반딧불이는 공포나 고통이 쌓이면 더욱 밝게 빛난다 — 똑똑히 알 수 있다. 반딧불이가 잠시 지면에 가만히 있을 수만 있다면 다시 날아오르기도 하지만, 반딧불이 잡이는 재빠르게 양손을 동시에 쓰면서 반딧불이를 자기 입속으로 능숙하게 집어넣는다. — 무엇보다도 속도가 중요하기 때문에 반딧불이를 하나하나 자루에 넣고 있을 틈이 없다. — 입속에 반딧불이가 가득 차서 더는 넣을 수 없을 때 반딧불이 잡이는 반딧불이를 자루 안에 토해 낸다. 물론 반딧불이는 아무런 상처도 입지 않았다.

반딧불이 잡이는 이런 식으로 새벽 두 시경까지 일한다. — 이 시간은 옛날식으로 말하면 망령이 나올 시간인데 — 그 시간쯤이면 반딧불이라는 곤충은 나무를 떠나서 이슬에 젖은 지면으로 장소를 옮기기 시작한다. 사람 눈에 띄지 않도록 엉덩이를 지면에 묻고 숨기 위해서다. 여기서 반딧불이 잡이는 전술을 바꾼다. 대나무 빗자루로 풀더미 위를 대충 가볍게 쓸고

간다. 반딧불이 잡이는 빗자루에 쓸리거나 놀라 꼬리에 등불이 켜진 반딧불이를 순식간에 손으로 잡아서 자루 속에 넣어 버린다. 해뜨기 조금 전에 반딧불이 잡이들은 마을로 돌아간다.

반딧불이 가게에서는 잡힌 반딧불이를 빛의 강약에 따라 신속하게 선별한다. ─ 빛이 셀수록 가치도 높다. 그리고 반딧불이를 비단 천을 두른 새장에 물기가 마르지 않도록 적당량의 축축한 풀과 함께 넣는다. 등급에 따라 한 상자에 백 마리에서 200마리를 넣는다. 이런 새장에는 고객 이름이 적힌 작은 나무패가 붙어 있다. ─ 여관 주인, 요정 여주인, 도매 또는 소매 벌레 상인, 그리고 특별한 연회용으로 반딧불이를 많이 주문하는 개인 등이다. 상자는 파발꾼이 고객들에게 배달한다. ─ 왜냐면 안전문제 때문에 이런 상품을 보통 운송업자에게 맡길 수는 없기 때문이다.

여름이 다가오면 저녁 연회용으로 반딧불이 주문이 많이 들어온다. 일본식 커다란 객실은 보통 정원을 바라볼 수 있게 만들어져 있는데, 무더운 계절, 연회와 좌흥이 열리면 일본인은 통상적으로 일몰 후에 정원에 반딧불이를 풀어놓는다. 반짝거리는 반딧불이가 손님의 눈을 즐겁게 만들기 때문이다. 요정 주인 중에는 반딧불이를 대량으로 주문하는 사람도 있다. 오사카의 번화가 도톤보리에는 모기장으로 구획을 나눈 공간에 수백만 마리의 반딧불이를 키우고 있는 요정도 있다. 이 가게에서는 단골손님이 그 구획 안에 들어가서 적당한 만큼 반딧불이를 잡아서 집에 선물로 가져가도 된다.

살아 있는 반딧불이의 도매가는 밑으로는 100마리에 3전에서 위로는 100마리에 13전인데, 값은 계절이나 품질에 따라 달라진다. 소매 상인은 반딧불이를 나무 장에 넣어서 판매한다. 도쿄에서는 반딧불이 나무 장 하나의 가격은 밑으로는 3전에서 위로는 수 엔에 이른다. 가장 싼 나무 장은 크기가 겨우 사방 2인치 정도로 그 안에는 반딧불이가 세네 마리 들어 있을 뿐이다. 비싼 것은 ─ 훌륭한 대나무 세공으로 멋진 장식이 붙어 있는 ─ 새장 크기 정도 되는 것도 있다. 멋지게 치장한 반딧불이 장은 ─ 집 모양, 중국풍 범선, 사원의 등롱 모양을 한 것 등등 ─ 밑으로는 30전에서 위로는 1엔 정도에 살 수 있다.

반딧불이는 살아 있든 죽어 있든 돈이 된다. 반딧불이는 허약한 곤충이기 때문에 가둬 두면 곧 죽어 버린다. 곤충 도매상에서 죽어 버리는 반딧불이는 수없이 많다. 어느 유명한 반딧불이 도매상에서는 매해 여름 다섯 되(약 9리터)가 넘는 반딧불이가 죽는데 이를 오사카의 약종 가게에 팔아서 처리한다. 반딧불이는 이전에는 습포약이나 환약의 제조 또는 한방 약제의 조제에 지금보다 훨씬 많이 쓰였다. 오늘날에도 반딧불이에서 진귀한 추출물이 나오고 있다. 그중의 하나가 '반딧불이 기름'인데 이 기름은 대나무를 휘어서 만든 물품이 확실히 고정되도록 소목장들이 지금도 사용하고 있다.

오래된 문헌을 잘 아는 사람이라면 반딧불이를 재료로 하는 약에 대해서 매우 진기한 글을 쓸 수 있을 것이다. 가장 기괴한 것은 중국에서 만들어진 반딧불이 약으로 시료 의술이라기보다 마술의 영역에 가깝다. 옛날에는 도둑 막이 주술 효과가 있고, 독을 지우는 효능이 있으며, 귀신 퇴치의 효력이 있다는 반딧불이 연고도 만들어졌다. 또, 복용하면 불사신이 되는 효능이 있다는 환약도 반딧불이를 재료로 만들었다. ― 이와 같은 환약의 일종으로서 '감장환(監將丸)'이나 '무위환(武威丸)' 등이 있다.

5.

비즈니스로서 반딧불이 장사는 비교적 새롭다. 그러나 오락으로서의 반딧불이 잡이는 매우 오래되었다. 고대에는 귀족의 오락이었다. 대귀족은 자주 반딧불이 잡이 행사를 열었다. 바쁜 메이지 시대에 와서 반딧불이 잡이는 어른들의 즐거움이라기보다는 아이들의 놀이가 되어 버렸다. 그렇지만 어른들도 가끔 시간을 내서 이 놀이에 동참한다.

일본에서는 매년 여름 전국 어디서나 아이들이 반딧불이 잡이를 한다. 달 없는 밤을 골라서 여자아이들은 부채를 손에 들고 반딧불이 잡이에 따라나선다. 남자아이들은 길고 가벼운 장대를 들고 나선다. 장대 끝에는 갓 돋아난 조릿대 잎을 다발로 묶는다. 반딧불이를 부채나 조릿대 잎으로 쳐서 땅에 떨어뜨리면 쉽게 잡을 수 있다. 그도 그럴 것이 이 벌레는 나는 중에 한번 방해를 받으면 다시 날아오르기가 쉽지 않기 때문이다. 아이들은 반딧불이를 잡으면서 노래를 부른다. 그 노래를 부르면 반딧불이가 가까이 온다고 믿기 때문이다. 이런 노래는 지역에 따라 차이는 있지만 놀랄 정도로 많다. 그렇지만 여기 인용할 정도로 재미있는

노래는 극히 적다. 두 개만 예를 들어보겠다. 아마 이
걸로 충분할 것이다.

쵸슈의 노래

반딧불이, 와라, 와라
사랑 밝혀라
일본 최고의
아가씨가
초롱 밝히고
오라고 한다

(반딧불이여, 와라, 와라, 빛을 내면서 와라, 일본에서 가
장 멋진 아가씨가, 초롱에 불을 밝히고 네가 와 주지 않을
까 하고 말하고 있다.)

시모노세키의 방언 노래

반딧불이, 와라
반딧불이, 와라
세키 마을 스님이

초롱 밝히고

와라

와라

(반딧불이야, 와라, 반딧불이야, 와라, 스님들이 모두 초롱에 불을 밝히고, 너희들에게 오라, 오라고 말하고 있다.)

물론 반딧불이 잡이를 잘하려면 반딧불이의 습성에 대한 지식이 얼마간 필요하다. 그리고 이런 지식은 일본의 어린아이들이 아마도 대다수 독자 여러분보다도 더 잘 알고 있을 것이다. 다음 글은 서양인 독자들에게 신선한 흥미를 불러일으키리라 생각한다.

반딧불이는 물가에 나타나고 물 위를 날기를 좋아한다. 그러나 종류에 따라서는 혼탁한 물이나 고인 물은 싫어하기 때문에 맑은 개울이나 연못 주변이 아니면 찾아볼 수 없는 녀석들도 있다. 겐지 반딧불이는 늪이나 도랑 등 불결한 못을 꺼리고 싫어하는데, 이와 달리 헤이케 반딧불이는 물만 있으면 어디든지 좋아하는 것 같다. 반딧불이는 모두 나무 그늘이 많은 풀이 무성한 둑이나 제방을 좋아한다. 어떤 나무는 싫어

하는데, 어떤 나무와는 궁합이 잘 맞는다. 예를 들면 소나무는 피하고, 찔레꽃 덤불에는 머물지 않는다. 그러나 버드나무 ― 특히 수양버들 ― 에는 큰 무리를 지어서 모인다.

여름밤에는 수양버들이 반딧불이로 뒤덮여서 가지란 가지마다 마치 '불꽃이 움트고' 있는 것처럼 보일 때도 있다. 달 밝은 밤에는 반딧불이는 될 수 있으면 그늘에 몸을 숨긴다. 이를 내몰면 갑자기 달빛 속으로 날아오른다. 그럴 때는 반딧불이가 빛이 나는데도 쉽게 식별할 수 없다. 반딧불이는 램프 불 같은 인공적인 강하고 눈 부신 빛으로부터는 도망가지만 작은 빛에는 몰려든다. 그래서 작은 숯불 조각이나 일본의 작은 곰방대 불 등이 어둠 속에서 빨갛게 보이면 이끌리듯 모여든다. 만약 반딧불이를 끌어들이려면 깨끗한 유리병이나 컵에 살아 있는 생생한 반딧불이를 한 마리 넣어 두는 것이 가장 좋다. 그 게 반짝이면 반딧불이는 순식간에 모여든다.

어린아이들은 보통 친구들과 패를 짜서 반딧불이 잡이에 나선다. 옛날에는 반딧불이 잡이에 혼자 나가는 일은 무모한 일로 여겼다. 반딧불이에 대한 으스스한 이야기가 전승되었기 때문이다. 실제로 일부 지방에서는 반딧불이처럼 보이는 것이 실은 길 가는 사람들을 속이기 위한 악령이라든가, 도깨비불이라든가, 여우 빛이었다는 이야기를 지금도 믿고 있다. 물론 진짜 반딧불도 항상 믿을 수 있는 건 아니다. ─ 반딧불이 일족이 기분 나쁜 건 버드나무를 좋아한다는 점에서도 알 수 있다. 나무에는 그 나무 특유의 정령이 살고 있다. 좋은 영도 있지만 나쁜 영도 있다. 수령(樹靈)이라고도 하며 유령이라고도 한다. 그러나 버드나무는 특히 사자(死者)의 나무 ─ 사람의 망령이 좋아하는 나무다. 반딧불이도 어쩌면 망령일지도 모른다. 그렇지 않다고 누가 말할 수 있을까. 그리고 또한 살아 있을 때부터 사람의 혼이 반딧불이의 모습을 하는 일이 있다는 예부터 내려온 믿음이 있다. 아래에 적은 짧은 이야기는 내가 이즈모(현 시마네현 동부 지방)에서 들은 것이다. ─

　어느 추운 겨울밤, 마쓰에의 어떤 젊은 무사가 혼례잔치에서 집으로 돌아오넌 중, 반딧불이가 자기 집 앞 도랑 위를 날아다니고 있는 걸 보고 놀랐다. 눈이 오는 계절에 반딧불이가 집 밖에서 날아다니는 것은 이상한 일이었다. 젊은 무사는 멈추어 서서 눈으로 이를 쫓았다. 그러자 빛이 자신을 향해서 날아왔다. 젊은 이는 이 빛을 지팡이로 내려쳤다. 그러자 반딧불이는 옆집 마당으로 날아가서 사라졌다.

다음 날 아침, 젊은 무사는 옆집을 찾아갔다. 지난 밤에 생긴 일을 친하게 지내고 있는 옆집 사람에게 이야기하려고 했다. 그러나 청년이 입을 열기 전에 옆집 장녀가 청년이 온 줄도 모르고 객실에 들어오면서 깜짝 놀라 소리를 지르며,

"어머나, 깜짝 놀랐어요. 당신이 오셨다고 아무도 말해 주지 않아서요. 지금 오면서 당신 생각을 하고 있었어요. 어젯밤 저는 이상한 꿈을 꿨어요. 꿈속에서 제가 공중을 날아다녔어요. ─ 집 앞 도랑 위를 날아다니고 있었어요.

물 위를 날아다니는 것이 정말 기분 좋았어요. 그렇게 날아다니다 보니 당신이 도랑 둑 위를 따라 걸어오시는 게 보였어요. 그래서 제가 나는 법을 배웠다는 걸 당신에게 말씀드리려고 가까이 갔어요. 그런데 당신이 저를 지팡이로 때렸어요. 그때 너무 놀라서 지금도 그 일을 생각하면 정말 무서워요……."

이 말을 듣고 청년은 지난밤에 자신에게 일어난 일

을 당분간 말하지 않는 것이 좋겠다고 생각했다. 너무 잘 들어맞는 우연의 일치가 자신의 약혼자인 이 여인을 겁먹게 하지나 않을까 우려했기 때문이다.

6.

반딧불이는 고대로부터 일본의 시가에서 노래로 많이 읊어져 온 주제다. 초기의 고전 산문 속에도 반딧불이에 대한 언급이 자주 나타난다. 유명한 『겐지 이야기』— 10세기 말에서 11세기 초에 쓴 소설 —의 54편 중 한 편도 '반딧불이'라는 제목이다. 그 편에는 어떤 귀족 대신이 수많은 반딧불이를 잡아서 한꺼번에 놓아주니 어둠 속에서 어느 공주의 모습이 잠깐이나마 슬쩍 보였다는 이야기가 실려 있다. 반딧불이에 관한 문학적 관심은 그 시초가 한시라고까지는 말할 수 없다 해도, 한시로부터 많은 자극을 받았을 것이다.

오늘날에도 가난한 서생 시절에 종이 봉지에 모은 반딧불에 의존해 공부했다는 유명한 중국 학자의 고사를 노래한 창가를 일본의 어린아이라면 누구나 알고 있다. 그러나 그 발상의 근원이 무엇이든 간에 일본의 시인들은 대대로 천년도 넘는 오랜 시절 동안 반 딧불이를 노래해 왔다. 반딧불이를 소재로 한 작품은 일본의 모든 시 형식에 존재한다. 그중에서 단연 많은 것은 하이쿠이다. 하이쿠(俳句)는 가장 짧은 시형식 이며 겨우 17음절로 되어 있다. 물론 반딧불이를 노 래한 근대의 사랑 노래도 엄청나게 많다. 그중에 많은 것이 도도이쓰라는 7-7-7-5조 26음절의 유행 속요 형 식으로 쓰였다. 말할 수 없는 사랑의 열정을 반딧불이 의 조용한 빛에 견주는 시를 비롯해 대부분의 노래가 옛날부터 내려오는 정해진 시상을 이래저래 조금 바 꿔 쓴 정도다.

서양 독자는 아래에 고른 반딧불이에 관련한 시에 아마 흥미를 품으리라. 이들 작품 중 어떤 것은 수 세 기 이전에 쓰인 시다.

반딧불이 잡이

길잃은 아이
울며 또 울며 잡은

반딧불이여!

(아, 길 잃은 아이, 울면서 울면서, 그래도 반딧불이를 잡고 있다.)

어둠 속에서
어두운 이 부르는
반딧불이여

(암흑 속에서 어두운 사람이 서로 부르고 있다. 반딧불이 잡이를 하고 있다.)

부르는 소리
들리면 더욱 높이
나는 반딧불

(아, "잡아라" 하는 소리는 들었기 때문일까, 반딧불이가 지금은 높게 날고 있다.)

쫓겨나더니
달빛에 숨어드네

반딧불이여

(아, 약삭빠른 반딧불이구나. 쫓겨나면 달빛에 몸을 숨
겨 버린다.)

서로 뺏다가
밟혀서 죽는구나
반딧불이여!

(두 사람이 반딧불이를 잡으려고 싸우는 동안, 불쌍하게
도 반딧불이는 밟혀 죽어 버린다.)

반딧불이 빛

반딧불이 빛!
날도 저물지 않은
다리 아래서

(반딧불이가 벌써 다리 밑에서 빛을 내고 있다 ― 아직
해가 지지 않은 시간인데.)

물풀 사이로

저무는 것 같아서

나는 반딧불

(물풀이 어두워질 때쯤, 반딧불이가 뛰어오른다.)

아름답겠지

안방에서 풀어 준

반딧불이는**44**

(즐거운 일이다. 안쪽 사랑방에서 마당으로 놓아줘서 반

딧불이를 바라보는 것은.)

밤 깊을수록

점점 더 커져가는

반딧불이 빛

(밤이 깊어 갈수록 빛을 더 발하는 반딧불이다.)

풀 베는 소매

살그머니 나오는

골동　　　　　　　　　　　　　　166

반딧불이여

(자 보아라, 반딧불이가 풀을 베는 소매 사이에서 날아
나온다.)

여기저기서
반딧불에 비쳐서
푸른 밤 풀잎

(여기서도 저기서도 밤의 풀이 푸르게 보이는 것은 반딧
불 때문이다.)

초롱 꺼지니
소중함을 알겠네
반딧불이여

(초롱불이 꺼진 지금, 반딧불이 얼마나 고마운지.)

창은 어둡고
창호지 기어가는
반딧불이여

(미닫이문의 창 자체는 어둡다. 그러나 보아라, 반딧불이가 그 위를 기어 올라간다.)

타기도 쉽고
꺼지기도 쉽구나
반딧불이여

(얼마나 불붙기 쉽고 얼마나 꺼지기 쉬운 반딧불이인가!)

하나 오더니
정원에 이슬 내려
반딧불이여

(오, 한 마리 반딧불이가 나오니, 정원의 이슬 보인다.)

손 위를 기는
다리도 보이누나
반딧불이는

(오, 이 반딧불이! 내 손바닥 위를 기어갈 때 자신의 빛으로 자기 다리가 보이는구나!)

골동   168

오싹하구나
손바닥 뚫고 가는
반딧불이 빛[45]

(무서울 정도다. 반딧불이가 내는 빛이 내 손을 통과해
서 보인다.)

쓸쓸하여라
눈앞에서 꺼지는
반딧불이여

(이상하구나. 반딧불이는 나한테 한 척까지 가까이 날아
왔는데 빛은 꺼졌구나.)

날아가는 길
거칠 것이 없구나
반딧불이는

(반딧불이가 날아간다. 그러나 그 앞에 보이는 것은 아
무것도 없다. 만질 수 있는 것도 아무것도 없다. 무엇을 찾
고 있는 걸까? ― 반딧불이는 혹시 영적인 존재가 아닐까.)

반딧불이　　　　169

빗자루에는
있는 듯 보였는데
반딧불이여

(이 빗자루에는 확실히 있는 듯이 보였다. 반딧불이가.)

소매에 깃든
한밤중의 반딧불
쓸쓸하여라

(이 밤중에 반딧불이가 내 소매에 와서 머물렀는데 뭔가
이 세상이 아닌 것 같은 느낌이 든다.)

어둠 속에서
버들잎 다시 피니
반딧불이여

(캄캄한 곳에서는 버들잎 싹이 돋는 계절이 다시 돌아온
것 같아 보이는구나 ― 반딧불이를 보아라.)

물 밑바닥의

그림자 두렵구나

반딧불이는

(아, 저 반딧불이는 물 밑바닥의 어둠을 두려워하고 있는
것 같구나. 그래서 그는 저 작은 초롱에 불을 밝히고 있다.)

참 멀리 왔네

반딧불이조차도

쓸쓸한 이곳

(너무 멀리 와 버린 것 같구나. 반딧불이가 나는 모습이
쓸쓸하다.)

반딧불이들

풀숲을 헤매누나

동이 틀 무렵

(아, 반딧불이가 날이 밝아오면 풀 속에 모습을 감춘다.)

사랑의 노래

모여라 반디
다가오는 그 사람
얼굴 보이게

(반딧불이들이여, 떼 지어 잠시 모여 있어라. 나에게 말
하려 다가오는 사람이 보일 수 있게.)[46]

소리도 없이
그리움에 불타는
반딧불이여
우는 벌레들보다
더욱 불쌍하여라

(소리 하나 내지 않고 열정에 불타고 있다. 그래서 반딧
불이는 울음소리를 내는 어떤 벌레보다도 불쌍하다.)[47]

날이 저물면
반딧불이 빛보다
밝게 불타는

내 맘은 안 보시네
야속한 사람이여

(날이 저물면 내 마음은 반딧불이 불빛보다 훨씬 더 타오르는데. 타는 빛이 저쪽에는 보이지 않아서일까. 내 사랑하는 그분은 꼼짝도 하지 않으시는구나.)[48]

기타

시원한 물가
훨훨 날아가누나
반딧불이여

(물가가 매우 기분 좋게 시원하구나 ― 반딧불이가 훨훨 날아간다.)

물가로 오니
몸을 낮추는구나
반딧불이여

(물가에 오니 몸을 낮추는구나 ― 저 반딧불이는.)

거센 빗방울
칡잎을 때리는데
반디는 날고

(칡덩굴에 비가 세차게 내리고 있다. 그러자 잎 안쪽에
서 반딧불이가 날아간다.)

비 오는 밤엔
땅에서 기어가는
반딧불이들

(아, 비 오는 밤에는 반딧불이가 땅에서만 돌아다닌다.)

하늘거리네
부슬비 내리는 밤
반딧불이들

(반딧불이들이 앞뒤로 몸을 흔들고 있구나. 촉촉이 비가
내리는 밤에.)

골동 174

날이 밝으면
풀잎만 남아 있네
반딧불이 통

(날이 새면 반딧불이 장 안에 보이는 것은 풀잎뿐이다.)

날이 밝으니
벌레로 돌아왔네
반딧불이여

(날이 새면 반딧불이들은 다시 벌레로 돌아간다.)

낮에 보자니
목덜미가 붉구나
반딧불이여

(오, 반딧불이를 낮에 보니 목덜미가 붉다.)

반디를 사니
잔디 몇몇 포기에
풍취가 사네

(반딧불이를 샀으니 삼가 그들에게 잔디 네다섯 장 정도를 영지로 증정하자.)⁴⁹

반딧불이 장수의 노래

두세 마리쯤
보여 주면 안 되나
반딧불 장수

서너 마리는
초롱불로 남기네
반딧불 장수

자기 자신은
캄캄한 길을 걷네
반딧불 장수

(두세 마리 정도의 반딧불이도 꺼내서 보여 주지 않는구나 ― 이 반딧불이 장수는.
반딧불이 장에 서너 마리의 반딧불이를 불빛 비추기 위

해 남겨 놓았다 ─ 이 반딧불이 장수는.

자신도 어두운 길로 집에 돌아가야 하니까 ─ 이 반딧불
이 장수는.)

7.

그러나 반딧불이의 진정한 로맨티시즘은 일본 민간
전승에 나오는 기묘한 들판이나 일본 시가의 고아(古
雅)한 정원에 있지 않다. 그것은 과학의 깊은 심연에
있다. 과학에 대해 내가 아는 지식은 매우 적다. 아무
것도 모른다고 해야 할지도 모른다. 실은 그 무지를
장점으로 삼아 천사조차도 발을 내딛는 걸 두려워하
는 영역에 서슴없이 들어가는 것이다. 만약 나에게 반
딧불이에 관해 와타세 교수 정도의 조예가 있다면 학
자의 분수를 알고 자신의 한정된 경계 밖으로 나가는
짓은 하지 않을 것이다. 그러나 문외한이기 때문에 감
히 제멋대로 설을 풀어 보겠다.

육체의 진화와 심리의 진화에 관련된 엄청난 가설
들은 나에게는 이제 더는 가설이라고 생각되지 않는

다. 나는 진화론 학설을 조금도 의심하지 않는다. 나는 무생물에서 생명이 태어나서 자라왔다는 생각에 의문을 던지는 걸 그만두었다(무기적 존재에서 유기적 존재가 발생, 발전하는 것이 있을 수 있다고 생각한다). 유기적 진화의 경탄할 만한 사실(그 사실이 너무나 기묘하기에 나의 상상력은 아직 적응하지 못하고 있지만)은 생명력을 가진 존재가 '계통적' 구조라는 복잡하고 이해하기 어려운 복합체로 자기 자신을 만들어 가는 잠재능력 또는 경향이 있다는 사실이다.

생명을 가진 존재는 광선이나 전기를 만들어 내는 능력이 있는데, 실제로 그 힘은 색깔을 만들어 내는 능력에 비하면 그다지 특별한 능력은 아니다. 빛나는 지네 또는 야광충이나 반딧불이가 빛을 만들어 내는 일은 식물이 푸른 꽃이나 보라색 꽃을 만들어 내는 일보다 특별히 불가사의한 일은 아닐 터이다. 그러나 발광 현상에 대한 생물학적 설명을 아무리 들어도, 빛이 만들어지는 기관이야말로 기적이라고 생각하는 나의 감탄이 사그라들지는 않는다. 곤충 몸속에 '전기 발전소'라고 전문기기 이름 붙인 기관이 현미경으로 봐야 확인할 수 있을 만큼 작은 크기로 내장되어 있다. (이런 말을 지금에 와서 알려 줘도 그런 발견이 나를 별로 감탄시키지는 않는다. 내가 감탄하는 발견이란 이런 일이 존재한다는 사실 그 자체다.)

내 눈앞에 반딧불이가 있다. 그 미세한 발전기로 순수하게 차가운 빛을 발생시킨다. 더구나 그 비용은 '촛불에 소비되는 에너지의 4백분의 1'이다……! 그런데, 이 작은 생물의 꼬리에 어떻게 이렇게나 정교한 발광 기계가 진화해서 장착된 것일까. 이 점에 대해서는 가장 훌륭한 생리학자도 가장 위대한 화학자도 그 작용의 전모를 아직도 이해하지 못하고 있고, 가장 우수한 전기기술자도 그것을 모방할 가능성조차 발견하지 못하고 있다.

왜일까? 왜 하루살이의 시각기관, 전기뱀장어의 발전기관, 반딧불이의 발광기관처럼 살아 있는 세포조직이 사람을 깜짝 놀라게 하는 아름답고 복잡한 구조로 구현된 것일까. 그들 스스로가 그렇게 만들 수 있었던 걸까……. 그것은 너무나 불가사의해서 신이 꾸민 일이라고도 생각할 수 없다. 하루살이 눈이라든지 반딧불이 꼬리의 경이로움은 단순히 신이 생각해내서 만들 수 있는 발명품이 아니다.

생물학은 이렇게 대답하리라. ―"이런 구조는 구조에 대한 기능이 미치는 효과가 누적되어서 생겨났다고는 상상하기 어렵다. 그러나 우성 변이에 의한 도태가 차례차례 일어나는 과정에서 생겨났다고 생각할 수는 있다." 허버트 스펜서의 학설을 신봉하는 사람이라면 이 문제를 더 깊게 파고들지는 않을 것이다.

그러나 나로서는 다음과 같은 생각을 떨쳐 버릴 수가 없다. ―물질은 무언가의 방법으로 그저 오류 없이 오로지 기억하고 있다. 그리고 생명 존재의 아무리 작은 단위 속에도 무한한 잠재적 가능성이 깃들어 있다. 그 이유는 단순한데, 모든 궁극의 미세한 원자에는 이미 소멸하였으나 이 우주 안에 존재하였던 몇백억조의 무한한 불멸의 경험이 깃들어 있기 때문이다.

이슬 한 방울

이슬의 목숨

— 불교 속담

내 서재 창 대나무 격자에 이슬 한 방울이 떨면서 매달려 있다.

이 작은 물방울은 아침의 색깔을 있는 그대로 비추고 있다 — 하늘의 색깔, 들판의 색깔, 멀리 보이는 나무들의 색깔. 이들이 거꾸로 매달린 모습이 이슬 속에 보인다 — 오두막의 아주 작은 모습도 위아래가 거꾸로 비치는데 그 문 앞에서는 어린아이들이 놀고 있다.

눈에 보이는 세계보다도 훨씬 많은 모습이 이 이슬 속에서 되살아난다. 눈에 보이지 않는 한없이 신비한 세계가 똑같이 그 속에 나타난다. 이슬 밖에서도 안에서도 물방울은 끊임없이 움직이고 있다. — 영원히 풀 수 없는 비밀인 원자와 힘의 운동이다. 그리고 물방울은 미미하게 흔들리며 공기와 햇빛에 부딪혀 무지갯빛으로 반짝이고 있다.

불교는 이런 이슬방울에서 영혼이라는 하나의 소우주의 상징을 발견해냈다……. 눈에 보이지 않는 궁극의 미립자가 잠시 방울 모양으로 뭉친 것 — 하늘과 땅이나 사람의 삶을 비추고 — 끊임없이 신비한 흔들림으로 가득 차서 — 자신을 둘러싼 영적인 힘 하나하나의 움직임에 겨우겨우 반응하고 있는 — 이런 이슬방울과 인간이 도대체 얼마나 다르단 말인가……?

이윽고 이 작고 빛나는 물방울은 요정 같은 색채와 위아래가 거꾸로 비치는 그림과 함께 사라져 없어지리라. 그리고 우리도 마찬가지다. 당신이나 나나 언젠가는 사라질 이슬방울을 따라 안개처럼 흩어지고 사라질 수밖에 없는 처지다.

이슬의 소멸과 인간의 소멸 사이에 어떤 차이가 있다는 말인가? '이슬'이라는 말과 '인간'이라는 말의 차

골동

이일 뿐 아닌가……? 그렇다 하더라도 이슬방울이 사라져서 무엇이 되는지 당신 스스로 한번 찾아보길 바란다.

위대한 태양에 의해 이슬의 원자는 분리되고 하늘로 들어 올려지고 흩어진다. 원자는 구름과 땅으로, 강과 바다를 향해 나아간다. 그리고 땅과 강이나 바다에서 다시 한번 들어 올려지고 떨어져서 다시 새롭게 흩어지리라. 원자들은 모여서 진주와 같은 유백색 안개가 되어서 스며들리라. ― 또, 서리나 싸락눈 또는 함박눈이 되어서 주위를 하얗게 밝히리라. ― 그리고 우주의 모습과 색깔을 또다시 비추리. 아직 태어나지 않은 것들의 새빨간 심장 고동에 맞추어서 박동하리. 원자 하나하나는 서로 닮은 무수한 원자와 손을 맞잡고 다른 물방울을 만들어 내리니 ― 이슬방울이 되고 비가 되고 나무의 수액이 되고 피와 땀과 눈물방울이 되리라…….

대체 몇 차례나 이런 일이 되풀이될까? 이 원자들은 아마 우리 태양계의 태양이 타오르기 몇조 년 전부터, 또 다른 물방울 속에서 움직이면서 여러 세대를 걸쳐, 과거에 우주 어디선가 존재했던 하늘과 땅의 색깔을 비추고 있었음이 틀림없다. 그리고 지금의 이 우주가 사라진 다음에도 이들 원자는 ─ 그들을 만들어 낸 불가사의한 힘에 의해서 ─ 아마도 이슬방울로 계속 연결되어 앞으로 생겨 날 천체의 아름다운 아침 풍경을 그림자로 비출 것이다.

당신이 바로 자아라고 정의하는 합성물을 구성하는 입자도 마찬가지다. 하늘에 태양과 달과 별이 태어나기 전에도 당신을 구성하는 원자는 이미 존재했었다. 진동하면서 ─ 또는 가속하면서 ─ 사물의 어떤 모습을 비추고 있었다. 그리고 지금 눈에 보이는 밤하늘의 별들이 모두 다 타서 없어진 후에도, 이들 원자는 분명 사람들 마음의 한 구성 요소로서 다시 참여할 것이다. ─ 그리하여 사람들의 생각과 감동과 기억 속에서 다시 진동할 것이다. ─ 지금부터 생겨나고 진화할 세계에서 새로 태어나는 생명의 그 모든 환희와 고통 속에서…….

당신의 인격? ─ 당신의 특성? 다시 말해 당신의 관념과 감정, 추억? 당신만이 가진 희망과 걱정, 애정과 증오? 그런데 그것이 다 무엇이란 말인가. 이슬방울도 몇조 몇억 개의 물방울 하나하나마다 원자가 감동해서 내는 흔들림과 세계를 비추는 방법이 미세하게 다르다. '생'과 '사'의 바다에서 태어난 무수한 영혼의 진주 구슬 하나하나에도 이처럼 섬세한 개성이 존재한다. 영원한 질소 속에서 당신의 개성은 이슬 한 방울의 떨림 속에서 일어나는 분자의 특별한 움직임 정도 의미밖에 없다. 어느 이슬방울도 떨림의 방식이나 풍경을 비추는 방식이 완벽하게 같지는 않다. 그러나 이슬방울은 생겨나고, 방울져 떨어지고, 거기에 언제나 풍경이 비치고 떨린다……. 그러므로 죽음이 상실이라는 생각이야말로 가장 큰 착각이다.

상실은 없다 ― 왜냐하면 어떤 자아도 결코 사라지지 않으므로. 과거에 어떤 모습으로라도 당신은 존재했다. ― 지금 어떤 모습이더라도 당신은 존재한다. ― 미래에 어떤 모습으로라도 당신은 존재할 것이다. 인격! ― 개성! ― 그것은 꿈속에서 꾸는 또 하나의 꿈에 나오는 환영에 지나지 않는다! ― 존재하는 것은 오직 영속하는 무한한 생명뿐이다. 우리 눈에 보이는 모든 것은 그 생명의 흔들림에 지나지 않는다. ― 태양도 달도 별도 ― 대지도 하늘도 바다도 ― 마음도 인간도 공간도 시간도. 그것들은 모두 그림자다. 그

림자는 나타났다가는 사라진다. ─ 그러나 그림자를
만드는 생명은 영원하다.

아귀

― 존자 나아가세나여, 야차라는 것이 존재합니까?

― 대왕이여, 있고말고요.

― 그럼 야차는 야차의 상태를 언젠가 벗어날 수 있습니까?

― 네, 벗어나서 죽습니다.

― 그러나 존자여, 만약 그렇다면 야차의 시체를 본 자가 없는 것은 …… 무엇 때문입니까?

― 대왕이여, 그 시체는 있습니다……. 나쁜 야차의 시체는 벌레의 모습을 하고 있고, 바퀴벌레, 개미, 뱀, 전갈, 지네……의 모습을 하고 있습니다.

― 밀린다 왕의 질문, 『밀린다왕문경』

골동   190

1.

인생에는 어렴풋이만 알고 있던 진리가 갑자기 감정적으로 흔들림 없는 확신의 모습을 생생하게 띠는 순간이 존재한다. 얼마 전 나는 스루가만(태평양 연안인 시즈오카현에 있는 만) 해변에서 그런 체험을 했다. 물가를 따라 한 줄로 늘어선 소나무 밑에서 쉬고 있을 때의 일이다. 시간이 생명의 따뜻한 빛으로 가득 차서 아주 평온하게 흐르고 있었기 때문인지 ─ 바람과 빛이 왠지 떨리는 것처럼 황홀했기 때문인지 ─ 내가 오래 간직해온 신념 하나가 기묘한 확신으로 차올라왔다. 그 신념이란 모든 존재가 하나라는 확신에 가까운 생각이었다. 그때 나는 내가 산들거리는 바람이나 달려오는 파도와 하나라고 느꼈다. 그림자의 흔들림과 햇빛의 반짝임, 하늘과 바다의 푸른 빛, 육지의 커다란 초록빛 고요함이 모두 나와 하나라고 느꼈다. 나는 세상에는 시작도 없고 끝도 없다는 사실을 확신하고 있는 나 자신을 발견했다. 어째서 갑자기 그런 생각이 들었는지는 모르겠지만, 그것은 낯설고도 불가사의한 경험이었다. 그러나 나에겐 그런 경험이 처음은 아니었다. 그런데도 그때의 경험이 나에게 더 특별하게 기억되는 이유는 그 느낌이 평소보다 훨씬 강렬했기 때문이다. 그때 나는 날개가 빛나는 잠자리도, 긴 회색 귀뚜라미도, 머리 위에서 울고 있는 매미도, 소나무 뿌리에서 움직이고 있는 작은 빨간 게도 모두 나와 같은 형제자매라는 느낌을 받았다. 그 순간 문득 나는 전에는 전혀 알지 못했던 사실을 깨달았다. 내 영혼이라는 신비가 과거에 분명히 여러 다른 모습으로 살아왔다는 사실, 또 미래에도 무수하게 다른 모습으로 바뀔 거라는 사실, 그렇게 바뀐 몸에 달린 눈으로 앞으로도 몇백만 년의 여름 동안 계속해서 해를 바라볼 수 있다는 사실을 알아차려 버린 것이다. 그래서 나는 긴 회색 귀뚜라미처럼 길고 느리게 생각해 보기로 했다. 화살처럼 번쩍이면서 잽싸게 날아가는 잠자리의 마음을 내 마음이라 여기기로 했다. 햇볕을 쬐며 우는 매미의 기분을 느껴 보기로 했다. 소나무 뿌리 사이에서 가위처럼 생긴 앞발을 들어올리는 성질 나쁜 작은 게의 잔꾀를 품어 보기로 했다.

그런 생각을 하고 있자니, 나는 그런 생각이 내 먼지 같은 영혼이 미래에 나른 조합으로 환생할 때 무언가 지장을 주는 게 아닐까 걱정하기 시작했다. 동양에서는 과거 수천 년 동안 현세에서 우리가 생각하거나

행한 행동이 실제로 — 원자의 경향성이나 분극성의
어떤 불가피한 형성을 통해서 — 우리가 미래에 있어
야 할 장소, 또는 우리 앞날의 '생각의 상태'를 결정한
다고 여겨왔기 때문이다. 그리고 이 믿음은 생각해 볼
만한 가치가 있다. 비록 우리가 아무리 생각해 봐도

이 믿음의 옳고 그름을 확인할 수 없겠지만, 그러나 아마 불교의 다른 가르침처럼 이 믿음도 무언가 우주적인 진리를 어렴풋하나마 예시하고 있는 것이리라. 그러나 나는 그 주장을 글자 그대로 믿을 수는 없다. 인간의 생각 속에 그럴만한 능력이 있다는 것을 믿을 수 없기 때문이다. 나의 외면과 내면의 모습은 무한한 과거 전체에 의해서 형성되어왔다. 그 영겁의 무게가 있는데 어떻게 일순간의 생각과 찰나의 행동이 나를 바꿀 수 있겠는가……? 그러나 불교는 정말 그럴 수 있다고 답한다. 그 놀라운 대답에는 반박할 여지가 없다. ― 그래도 나는 믿기 힘들다…….

어쨌든 불교의 가르침에 따르면 생각도 행동도 무언가를 창조한다. 눈에 보이는 것은 생각과 행동이 만든 것이다. ― 우주의 별도, 형태와 이름을 가진 모든 것들도. 존재하는 모든 것들은 생각과 행동에 따라 만들어진다. 우리가 생각하거나 행동하는 것은 결코 그 순간에만 속하는 것이 아니라 억겁의 시간에 걸쳐 있다. 그것은 세계를 형성하는 힘이며 장래의 행복과 고뇌를 만들어내는 힘이다. 이 사실을 잘 명심하면 우리가 신의 경지에 오를 수도 있다. 그러나 이 사실을 무시하면 인간 세상에 다시 태어날 권리조차 잃어버릴 수도 있고, 지옥에서 태어날 만한 죄를 짓지 않았어도 짐승과 벌레, 또는 아귀(餓鬼)50의 모습으로 환생할 수 있다.

그러므로 내세에 벌레가 될지 아귀가 될지는 우리 자신에게 달려 있다. 그리고 불교의 가르침에서는 곤충과 아귀의 차이는 생각보다 뚜렷하지 않다. 유령과 곤충 사이, 아니 오히려 영혼과 곤충 사이의 신비적인 관계에 얽힌 신앙은 동양에서는 매우 오래된 신앙으로 지금도 여러 모습을 띠고 전해지고 있다. — 그중에 어떤 것은 말할 수 없이 무섭고, 어떤 것은 괴기할 정도로 아름답다. 퀼러 쿠치(Quiller-Couch)의 「백아(The White Moth)」51는 이야기로서는 일본인 독자에게 특별한 감명을 주지 않으리라 본다. 왜냐면 밤나방이나 나비는 일본의 많은 노래와 설화에서 숨진 아내의 혼으로 나타나기 때문이다. 일본에서는 밤에 우는 귀뚜라미의 가냘픈 울음소리를 전생에 인간이었던 자가 한탄하는 소리로 여긴다. — 매미 머리 위에 새겨진 기묘한 빨간 표시는 계명(戒名), 잠자리와 메뚜기는 죽은 사람들이 타고 달리는 말이라 여겨진다. — 사람들은 이들 모두를 사랑에 가까운 연민의 정을 갖고 가엽게 여겨야 한다.

그러나 해충이나 위험한 벌레가 된 것은 또 다른 업 (카르마)에 따른 결과이다. 이런 곤충 중에 어떤 종에는 소름 끼치는 이름이 붙어 있다. 예를 들면 '지옥 벌레'라는 이름이 있으며, 절구벌레는 '개미귀신'으로도 불린다. 수서곤충 중에는 '갓빠(河童, 일본의 전설상의 요괴) 벌레'라고 불리는 곤충도 있다. 이 벌레는 개구리와 물고기를 살아 있는 채로 탐욕스럽게 잡아먹는다. 그 모습이 강에 사는 갓빠라고 하는 작지만 무서운 전설상의 요괴와 비슷하기 때문에 그런 이름이 붙었다. 반면에 파리는 특히 굶주린 마귀, 즉 '아귀'와 동일시되는 경우가 많다. 파리가 극성을 부리는 계절에 파리 때문에 골치를 앓는 사람이 이렇게 말하는 걸 나는 몇 번이나 들었다.

"오늘 파리는 아귀와 같구면."

2.

이 거가 인급된 일본의 오래된 불교 문헌(정확하게는 한문 불경)은 대개 아귀를 산스크리트어로 그대로 쓰지만, 어떤 아귀들은 한자 이름밖에 없다. 인도에서

기원한 불교는 중국과 한반도를 거쳐 일본에 전해졌
기 때문에 그 과정에서 독특한 색채를 띠게 되었다.
그러나 대체로 일본 아귀의 분류는 인도 프레타(preta,
극락왕생 못하고 방황하는 망령)의 분류와 비슷하다.

불교의 세계관에서 아귀의 위상은 모든 존재 상태
중에서 최하 단계인 지옥도(地獄道)라는 세계와 한 단
계 밖에 차이가 나지 않는다. 즉 지옥도 위에 아귀도
라는 굶주린 망자의 세계가 있다. 아귀도 위의 단계는

축생도(畜生道)로서 짐승의 세계다. 또 그 위의 단계는 수라도(修羅道)인데 이곳은 끊임없는 다툼과 살생의 세계다. 이 수라도 위의 단계가 인간도, 즉 사람의 세계다.

따라서 지옥에 떨어진 후 업을 다 치르고 지옥도에서 해방된 인간이 단번에 인간도의 세계에 다시 태어나는 일은 거의 없다. 그는 인간도에 이르는 길을 차례차례 올라가야 하며 도중에 있는 존재 상태를 모두 통과해야 한다. 많은 아귀는 이전에 지옥에 떨어져 있었던 자다.

그러나 지옥에 있었던 적이 없는 아귀도 있다. 죄의 종류와 경중에 따라서 사람은 이 세상에서 죽은 후 바로 아귀로 다시 태어나기도 한다. 지옥도에 곧장 떨어지는 사람은 아주 파렴치하고 큰 죄를 지은 자들뿐이다. 2급의 죄를 지은 자들은 아귀도에 떨어진다. 3급의 죄를 지은 자들은 짐승으로 축생도에서 다시 태어난다.

일본 불교에는 36종의 아귀가 존재한다. 『정법염처경(正法念處經)』에 따르면 크게 나누어 36종의 아귀가 있지만 서로 다른 모든 종류를 따로따로 구분하면 셀 수 없을 정도로 많다. 그 36종의 아귀는 다시 두 종류로 구별할 수 있다. 하나는 아귀 세계에 거주하는 자라는 이름의 '아귀세계주(餓鬼世界住)', 즉 아귀도 안에 있는 굶주린 망자로서 인간에게는 보이지 않는다. 또 다른 하나는 '인중주(人中住)'다. 이들은 인간 세계에 사는 자들로서 이 아귀들은 영원히 현세에 머물러 있기 때문에 때때로 사람들의 눈에 띄기도 한다.

아귀를 분류하는 또 다른 방법도 있다. 속죄를 위해 받는 벌의 성질에 따라 분류하는 것이다. 모든 아귀는 굶주림과 갈증으로 고통받고 괴로워한다. 이 고통과 괴로움에는 세 가지 단계가 있다. 그 첫 번째 단계는 무재아귀(無財餓鬼)다. 무재아귀 단계에서는 어떤 음식도 얻을 수 없고 굶주림과 갈증에 끊임없이 고통을 받는다. 두 번째 단계는 소재아귀(小財餓鬼)다. 이 단계에서는 고통을 받기는 하지만 가끔 불결한 것은 먹을 수 있다. 세 번째 단계는 유재아귀(有財餓鬼)다. 이 단계의 아귀는 운 좋은 아귀로서 인간이 버린 음식이나, 신에게 바친 음식, 선조 위패에 바쳐진 음식을 먹을 수 있다. 소재아귀와 유재아귀는 인간의 일에도 여러모로 간섭한다고 여겨지기 때문에 특히 흥미롭다.

근대과학이 질병의 성질이나 원인에 따른 정확한

지식을 가지기 전에는, 불교 신자는 어떤 병의 증상을 아귀의 짓이라는 가설로 설명해왔다. 예를 들면 어떤 종류의 간헐적 열병이 아귀가 영양과 체온을 얻으려고 인체에 들어가기 때문에 일어난다고 여겼다. 이 병에 걸린 초기에 환자는 추워서 떠는 데 그것은 아귀가 차갑기 때문이다. 아귀가 점점 따뜻해지면서 오한은 사라지고 이번에는 뜨거운 열이 난다. 결국에 아귀가 만족해서 나가면 열도 함께 사라진다. 그러나 다른 날, 보통은 첫 오한이 일어났던 시각에 두 번째 발작이 일어나면, 사람들은 아귀가 돌아왔다고 생각했다. 불교 신자는 그 밖의 전염성 증상도 마찬가지로 아귀 때문이라고 여겼다.

『정법염처경(正法念処経)』에 적힌 36종의 아귀 대부분은 부란(腐爛), 질병, 죽음과 연결되어 있다. 이 밖에도 곤충과 동일시되는 아귀도 있다. 어떤 특정한 종류의 아귀가 어떤 특정한 벌레의 이름으로 연결되어 있지는 않다. 그러나 이 경전은 곤충의 생활 상태를 묘사하고 있다. 미신을 믿는 사람들은 그런 공상이 정말 있을 수 있는 일이라고 생각할 수도 있다. 식혈(食血)아귀, 식육아귀, 식타(食唾)아귀, 식분(食糞)아귀, 식독(食毒)아귀, 식풍(食風)아귀, 식기(食氣)아귀, 식화(食火)아귀(불에 뛰어드는 아귀), 질행(疾行)아귀(시신을 먹고 역병을 퍼트린다), 치연(熾燃)아귀(밤에 도깨비불로 나타난다), 침구(針口)아귀, 확신(鑊身)아귀(이 아귀는 몸 하나하나가 솥으로 되어 있으며 화염에 싸여 있고 그 때문에 땀이 끓어서 흘러넘친다) 등에 대한 기술은 반드시 구체적이지는 않다. 그러나 다음에 발췌한 아귀들52은 결코 막연하게 묘사되지 않고, 오히려 뚜렷하게 묘사되어 있다.

식만(食鬘)아귀 ― 이 아귀들은 불상의 장식인 가발모를 먹어야만 살아갈 수 있다……. 절의 성구를 훔친 자는 사후에 이 응보를 받는다.

부정항백(不淨巷陌)아귀 ― 이 아귀들은 길에 떨어진 오물과 쓰레기만을 먹을 수 있다. 탁발 순례하는 승려나 여승들에게 썩고 더러운 음식을 준 것에 대한 응보이다.

총간주식열회토(塚間住食熱灰土)아귀 ― 이 아귀들은 화장 후에 타고 남은 찌꺼기나 묘지의 흙덩이를 먹는다……. 현세의 이익을 위해 절의 자산을 훔친 자들의 말로다.

수중(樹中)아귀 — 이들은 나무 속에서 태어난 아귀다. 나무가 커가면서 몸을 눌러 매우 큰 고통을 받는다……. 생전에 그늘이 시원한 나무를 베어서 팔아넘긴 자가 이 응보를 받는다. 특히 절과 묘지의 나무를 벤 자는 대개 수중아귀[53]가 된다고 한다.

나방, 파리, 바퀴벌레, 송충이, 구더기 등 불쾌감을 주는 벌레의 정체는 대개 이런 것들이라고 『정법염처경』은 자세히 묘사하고 있다. 그러나 곤충과 동일시할 수 없는 종류의 아귀도 있다. — 식법(食法)아귀가 그 예인데, 이 아귀들은 절에서 법문을 듣지 않으면 살 수 없다. 법문을 듣고 있을 때만 고통이 줄어들고 그렇지 않을 때는 말로 다 할 수 없는 고통을 받는다. 돈벌이를 위해서 불법을 이용한 비구와 비구니들이 죽은 후에 이런 상태에 떨어진다.

개중에는 가끔 아주 아름다운 사람의 모습으로 나타나는 아귀도 있다. 욕색(欲色)아귀가 그들이다. 그들은 사람이 자고 있는 동안 꿈에 나타나서 여자와 통정하는 유럽 중세의 인큐버스, 그리고 남자와 통정하는 서큐버스에 해당한다. 이 색욕아귀는 자기 맘대로 남자와 여자로 변할 수 있고, 자유자재로 몸을 늘리거나 줄일 수도 있다. 이러한 아귀를 집에서 쫓아내려면 부적을 써서 주문(呪文)을 외는 기도를 할 수밖에 없다. 왜냐면 그들은 바늘귀보다 작은 구멍이라도 빠져나갈 수 있기 때문이다. 욕색아귀는 젊은이를 유혹하기 위해 아름다운 여성의 모습으로 변하고(때로는 술자리에서 기생이나 급사로 변해서 나타난다), 여자를 유혹하기 위해서는 아름다운 청년의 모습을 하고 나타난다. 이 욕색아귀 상태는 전생에 인간으로 살 때 행했던 음란한 행위의 결과지만, 이 욕색아귀의 초자연적인 능력은 생전의 악업으로도 결코 지울 수 없는 선업(善業)의 결과다.

이 욕색아귀는 곤충의 모습으로 변할 수도 있다고 기록되어 있다. 보통 인간의 모습을 하고 나타나지만, 짐승이나 다른 생물의 모습으로 변할 수도 있고 '사방팔방으로 자유롭게 날아갈 수 있다'. 또 '인간의 눈으로는 보이지 않을 정도로 작게' 몸을 바꿀 수도 있다……. 모든 벌레가 아귀는 아니다. 그러나 대개 아귀는 자신의 목적에 도움이 된다면 벌레 모습으로 변할 수 있다.

3.

이런 모든 믿음이 우리에게는 그로테스크한 느낌을 주지만, 고대 동양인들이 공상 속에서 벌레를 괴물이나 마물과 연결시키는 일은 자연스러운 일이었다. 눈에 보이는 세계에서 벌레만큼 불가사의하고 신비한 생물은 없기 때문이다. 그리고 어떤 곤충의 역사는 실제로 신화의 꿈을 구현하고 있다. 원시인의 두뇌로는 곤충이 변태하는 사실만으로도 상당히 괴이하다고 생각했을 것이다. 그들은 낙엽이나 꽃, 풀잎의 이음새와 똑같이 생긴 두려운 생물이 존재한다는 사실을 마법과 요술 이외로는 달리 설명할 방법이 없지 않았을까. 어쨌든 아무리 눈이 좋은 사람이라도 벌레가 기어가거나 날아오르고 나서야 그 벌레가 거기에 있었다는 사실을 알아차렸을 테니까.

오늘날의 곤충학자들에게조차 곤충은 모든 생물 중에서 가장 이해하기 어려운 존재다. 곤충학자에 따르면 벌레는 생존 투쟁을 '가장 잘 이겨낸 유기적인 존재'다. 곤충의 복잡하고 미묘한 구조는 현미경 시대로 접어들기 이전의 사람들이 생각했던 것보다 훨씬 더 경이롭다. 곤충의 감각기관은 인간의 감각기관보다 더욱 세련되고 우수해서, 그들과 비교하면 우리 인간의 귀는 안 들리는 것과 마찬가지고, 눈은 보이지 않는다고 해도 무방하다. 옛날보다 훨씬 많은 사실을 알게 되었지만, 여전히 곤충의 세계는 절망적일 정도로 풀 수 없는 수수께끼로 가득하다.

무수히 많은 겹눈의 신비와 그 겹눈과 연결된 뇌 시신경의 신비에 대해서 도대체 누가 우리에게 설명할 수 있단 말인가? 이 놀랄만한 눈은 사물의 궁극적인 구조를 꿰뚫고 있는 걸까? 그들의 시력은 뢴트겐 광선과 같이 불투명한 물체의 내부도 볼 수 있는 걸까? ─ 그렇지 않으면 맵시벌이 나뭇결의 내부에 파고들어 산란관을 정확하게 찌르는 것을 도대체 어떻게 해석해야 하는가? ─ 또한 사람이 듣지 못하는 소리를 들을 수 있는 곤충의 가슴, 사타구니, 무릎이나 다리 속에 있는 놀라운 귀를 어떻게 설명해야 하는가? 그리고 묘한 선율을 연주할 수 있도록 진화해온 음악 기관은? 게다가 흐르는 물 위를 걸을 수 있는 저 영혼과 같은 다리는? 인간의 전기 과학이 도저히 흉내 낼 수 없는 차갑고 아름다운 빛을 내는 저 반딧불이의 불가사의는? 그리고 최근에 발견된 비유할 수 없는 섬세한 기관 ─ 가장 현명한 학자도 그 성질을 알 수 없었기 때문에 아직 명칭도 붙여지지 않은 기관 — 은 정말로 사람들이 말하듯이 인간의 감각으로는 알 수 없는 무언가에 관한 정보를 곤충의 두뇌에 전달하고 있는 걸까? 자력은 눈에 보이고 빛은 냄새가 나며 소리는 맛볼 수 있는 걸까……? 우리가 곤충에게 배운 아주 작은 것들조차 우리를 경탄하게 하지만, 그 경탄이란 사실 두려움에 가까운 감정이다.

손과 같은 입술, 눈과 같은 더듬이, 송곳 같은 혀. 한꺼번에 네 방향으로 복잡하게 움직이는 악마 같은 입. 살아있는 가위와 톱과 구멍 뚫는 펌프와 굽은 손잡이가 달린 드릴. 아무리 최고의 시계태엽용 강철을 쓰더라도 인간의 기술로는 모방할 수 없는 우아한 요정과 같은 무기 — 미신을 깊게 믿던 옛날 사람들이라도 이런 모습은 꿈에서라도 볼 수 없었으리라. 실제로 정체불명의 공포 때문에 꾸게 된 온갖 악몽도, 환상적인 아름다움 때문에 느끼게 된 그 모든 황홀감도 곤충 연구를 통해 얻게 된 여러 놀라운 사실에 비하면 생생함이 덜하고 내용도 공허하다. 그러나 곤충의 아름다움 그 자체에는 영적으로 으스스한 무엇인가가 있다.

4.

아귀가 실제로 존재하는지 존재하지 않는지는 제쳐 놓더라도 죽은 사람이 벌레가 된다는 동양의 믿음에는 분명 진리의 그림자가 숨어 있다. 우리 인간은 죽어서 흙이 되고 먼지가 되지만, 이 먼지가 몇백만 년이라는 긴 시간에 걸쳐서 셀 수 없을 정도로 많은 기묘한 생명체의 모습을 만드는 데 도움을 준다는 사실은 의심할 여지가 없기 때문이다. 그러나 내가 소나무 아래서 몽상에 빠졌을 때 생각했던 것은 다음과 같은 질문들이었다.

— 현세에서 행한 행동과 현세에서 품은 생각이 미래에 이 먼지의 조합이나 재생과 어떤 관계가 있는가?

— 현세에서 행한 인간의 행동이 내세에서 인간의 원자가 재형성될 때 스스로 그 형태를 미리 결정하는가?

— 해답을 얻는 일은 불가능하다. 과연 그런 일이 가능할까 의심스럽다.

— 그러나 알 수 없다. 아무도 모를 것이다.

그러나 만일 우주의 질서가 실제로 불교도가 믿는

바와 같다고 해도, 그리고 내가 현세에서 한 어리석은 짓 때문에 내세에서 벌레로 살도록 운명 지어졌다는 사실을 나 자신이 알고 있다고 해도, 그런 장래에 대한 전망이 반드시 나를 공포에 떨게 하지는 않는다. 세상에는 눈뜨고 보기 어려울 정도로 흉측한 벌레도 있지만, 발달한 독립된 기관을 가진 벌레들을 보는 일이 마냥 끔찍한 일만은 아니다. 오히려 나는 즐거운 호기심으로 이 세계를 딱정벌레나 하루살이, 잠자리의 저 아름다운 겹눈으로 보면 어떻게 보일까, 하고 궁금해하면서 그런 벌레들로 다시 태어날 기회를 기다리기도 한다.

내가 하루살이로 다시 태어난다면 서로 다른 세 개의 눈으로 지금 나로서는 상상도 할 수 없는 색깔을 볼 수 있는 능력이 주어지리라. 하루살이인 내 목숨은 인간의 시간 감각으로 보면 짧을 수도 있다. 어느 여름날 단 하루가 내 인생의 가장 전정기일 것이다. 인간의 감각으로는 겨우 몇 분이 하루살이에게는 한 계절에 상당할지도 모른다. 그리고 날개 달린 존재인 나의 하루는 — 불행한 일이 일어나지 않는다면 — 황금빛 하늘에서 춤추느라 지루할 틈이 없는 기쁜 생애가 될 게 분명하다. 그리고 배고픔과 갈증도 결코 느끼지 않으리라. ─ 하루살이는 입도 없고 위장도 없으므로─ 나는 정말로 바람만을 먹고사는 존재가 된다.

그렇다면 내가 잠자리로 다시 태어나는 걸 두려워할 이유도 없다. 잠자리는 하루살이에 비하면 훨씬 크고 강하니까. 내가 잠자리가 되면 육식의 욕구를 느낄 테니 사냥을 많이 해야 하리라. 그러나 그런 잠자리라도 수렵의 격한 기쁨 뒤에는 혼자서 마음껏 명상에 빠질 것이다. 게다가 무엇보다도 잠자리가 되면 나에게 커다란 날개가 생긴다! ─ 그리고 수많은 눈이!

또 나에겐 내가 소금쟁이[54]가 되어 물 위를 달리거나 미끄러질 수 있을 거라는 기분 좋은 예감도 있다. ─ 물론 어린아이들이 나를 잡아서 길게 뻗은 내 다리를 찢어 버릴지도 모르지만. 그러나 그 무엇보다도 나는 매미로 환생해서 또 다른 일생을 즐기고 싶다. ─ 커다랗고 게으른 매미가 되어서 바람에 흔들리는 나무에 붙어 햇볕을 쬐고, 이슬만 홀짝거리며 동틀 때부터 해가 질 때까지 노래를 부르리라. 물론 위험에 빠질 수도 있다. ─ 매나 까마귀, 참새도 무섭다. ─ 매미를 먹이로 삼으려고 노리는 벌레도 있다. ─ 개구쟁이 악동이 손에 든, 끈끈이를 바른 대나무 장대와 같은 무서운 물건도 있다. 그렇지만 살아있는 모든 생명

은 위험에 처해있다. 어떤 모습으로 다시 태어난다 해
도 위험하지 않은 생물은 없다. 그러나 그런 위험에도
불구하고 아나크레온은 아래의 시에서 매미에 관한
진리를 제대로 노래했다고 본다.

너, 흙에서 태어나
노래를 사랑하고
괴로움을 모르고
피 없는 육체를 가졌구나
너는 신들과 거의 같은 존재가 되리!

사실 나는 인간으로 다시 태어나는 일이 무한한 특
권이라고 스스로 확신할 수 없다. 그리고 만약 이런
내 생각과 이런 생각을 글로 써서 남겼다는 내 행동이
다음 생에 불가피하게 영향을 미친다면, 나는 내가 다
시 태어났을 때 매미나 잠자리보다 나쁜 상태는 아니
기를 바란다. 나는 삼나무에 올라가 햇빛을 받으며 작
은 심벌즈를 치거나, 자수정과 황금빛 날개를 소리 없
이 반짝거리면서 성스럽고 고요한 연못 위를 날아다
니고 싶다.

일상사

나이가 지긋하고 사람 좋은 선승이 있다. — 꼿꼿이처럼 예부터 전승되어 오는 기예의 명인이기도 하다. — 그분이 가끔 나를 만나러 오신다. 그분은 구태의연한 신앙심 중에 잘못된 점을 꼬집고, 꿈 풀이나 점 따위는 절대 믿지 말라고 하면서 사람들에게 불법만을 믿으라고 가르친다. 그래도 신도들이 많이 따른다. 선종에서 이 정도로 옛 관습을 의심하는 스님은 드물다. 그러나 이런 스님의 회의주의가 꼭 절대적인 것만은 아니다. 왜 그런가 하면 얼마 전에 둘이 만나서 죽은 사람에 얽힌 이야기를 나눴을 때 그가 소름 끼치는 이야기를 해 주었기 때문이다.

스님이 말했다.

"나는 항상 귀신이라든가 유령 이야기는 믿기 어렵다고 생각합니다. 가끔 신자(단가:檀家)55가 찾아와서 귀신을 보았다든가 이상한 꿈을 꾸었다고 얘기하지만, 자세히 들어 보면 거의 다 자연현상으로 설명이 됩니다.

제가 이제까지 겪은 기묘한 일 중에서 쉽사리 설명되지 않는 일은 딱 하나밖에 없었습니다. 그 당시 저는 아직 젊은 수행승이었고 규슈에 있었습니다. 그리고 수행 중에 모두가 하는 것처럼 탁발을 나갔습니다. 어느 날 밤, 저는 산속을 돌아다니다가 선사(禪寺)가 있는 작은 마을에 도착했습니다. 관습대로 하룻밤 재워 달라고 부탁하러 그 절을 찾아갔더니, 스님은 몇 리 떨어진 마을에 장례를 지내러 갔고 나이 든 비구니만 남아서 절을 지키고 있었습니다.

비구니는 스님이 안 계시기 때문에 당신을 재워 줄 수 없다, 스님은 이레 동안은 돌아오시지 않는다고 말했습니다……. 그 지방에서는 신자 집안에 죽은 사람이 생기면 스님이 그 집에 가서 이레 동안 매일 독경을 하고 제사를 지내야 합니다……. 저는 너무 피곤해서 식사도 필요 없으니 그냥 아무 데서나 잠만 자게

해 달라고 부탁했습니다. 그러자 비구니는 제가 불쌍해 보였는지 불단 근처에 이불을 깔아 주었습니다. 저는 자리에 눕자마자 금방 잠이 들었습니다.

한밤중에 ― 매우 추운 밤이었습니다 ― 근처에서 누군가 목탁을 두드리며 염불을 외는 소리가 들려서 잠을 깼습니다. 눈을 떠보니 절은 깜깜했습니다. 바로 앞에서 누가 제 코를 잡아당겨도 누가 그랬는지 모를 정도로 어두웠습니다. 저는 이런 깊은 밤에 도대체 누가 목탁을 두드리고 염불을 외는 걸까 하고 생각했습니다. 시간이 지나자 처음에는 바로 곁에서 들렸던 소리가 조금 희미해졌습니다. 그제야 저는 스님이 돌아오셔서 절 어딘가에서 염불을 외고 있다고 생각했습니다. 그래서 목탁 두드리는 소리와 불경 외는 소리가 들리는데도 다시 잠을 청하고 아침까지 계속 잤습니다.

아침에 일어나 세수를 하고 여장을 갖춘 후에 비구니를 만나러 갔습니다. 그리고 하룻밤 재워 주서서 감사하다고 인사하며 이렇게 물었습니다.

'어젯밤 스님이 돌아오셨나요?'

그러자 비구니가 의아하다는 듯이 대답했습니다.

'아니요. 안 돌아오셨습니다. 앞으로 이레 동안은

돌아오시지 않는다고 말씀드렸을 텐데요?'

　'그런데 실례지만,'

　제가 말을 이었습니다.

　'지난밤 어떤 분이 목탁을 두드리면서 염불을 외는

소리를 들었습니다. 그래서 스님께서 돌아오셨다고 생각했습니다.'

그러자 늙은 비구니가 큰 소리로 말했습니다.

'그것은 스님이 아닙니다. 그건 신도[56]입니다.'

'어느 신도가?'

저는 이해가 되지 않아 물어보았습니다.

'물론 돌아가신 본인이지요! 신도 댁에서 누군가가 돌아가시면 항상 일어나는 일입니다. 고인이 와서 목탁을 두드리고 염불을 외는 거지요…….'

늙은 비구니는 오래전부터 이런 일에 익숙한 듯 보였습니다. 이런 일은 별일이 아니라는 듯한 말투였습니다."

몽상

사람이 죽음을 두려워하는 이유는 아기가 태어났을 때 우는 이유와 비슷하다고 한다. 갓난아기가 우는 이유는 자신을 따뜻하게 안아 주는 손이 기다리고 있는지 어떤지 알 수 없기 때문이라는 것이다. 물론 이런 비유는 과학적으로 검증되지는 않았다. 그렇지만 공상치고는 재미있고 아름답다. 이런 식의 생각은 종교에 의지할 일이 전혀 없는 사람(개인의 영혼은 육체와 함께 소멸한다고 생각하며, 만약 영혼만이 영원히 존속된다면 그것이야말로 영원한 불운이라고 생각하는 사람)조차도 아름답다고 느낄 것이다. 내가 이런 공상이 아름답다고 말하는 이유는 앞으로 인간의 지식이 더 발전하면 절대적인 존재가 사실은 어머니의 무한한 사랑

이라는 사실이 밝혀지지 않을까 하는 희망을 우리에
게 넌지시 보여 주기 때문이다.

　이런 공상은 서양적이라기보다는 동양적인 생각이
다. 그러면서도 서양의 많은 신앙에 녹아 있는 막연한
감정과도 일맥상통한다. 고대부터 서양에서는 절대
자가 아버지로 규정된 엄숙한 시대가 계속되어 왔다.
그러나 그 확고한 사고방식에 무한한 부드러움이라는
밝은 꿈이 서서히 녹아들었다. 그 꿈은 여성을 모성으
로 기억함으로써 만들어낸, 모든 것을 변화시키기를
그치지 않겠다는 희망이다. 모든 인간 종족이 더 높은
쪽으로 진화하고 발전할수록 인간의 신(神)개념은 더
욱 여성적으로 변한다.

　반대로 이런 공상은 아무리 신앙심이 부족한 회의
론자에게도 인간이 살면서 경험하는 모든 것 중에 그
어떤 신성한 것도 어머니의 사랑에는 결코 견줄 수 없
다는 사실을 떠올리게 한다. ― 모성애만큼 '성스러
운'이라는 표현에 어울리는 것은 없다. 이 작고 참혹
한 천체에 사는 인간들이 생각의 섬세한 잎을 펼치고
하루하루를 인내하며 살아갈 수 있는 건 오로지 모성
애 덕분이다. ― 자식을 위해서라면 자기 자신을 돌보
지 않는 어머니의 거룩한 사랑이 있었기에 사람은 두

뇌 속에 이렇게 고귀한 감정을 꽃피우는 힘을 가지게
되었다. ─ 또 모성애의 도움이 있었기에 눈에 보이지
않는 영적 세계를 믿을 수 있는 고도의 정신 형태, 즉
종교나 철학도 생겨날 수 있었다.

그리고 이런 종류의 상념은 자연스럽게 '어디에서 와서 어디로 가는가'라는 인간 존재의 수수께끼에 대해 자문하게 만든다. 진화론자는 모성애를 단순히 물질적 친화력(원자와 원자 사이의 인력)이 만들어내는 필연적인 결과라고 믿어야 하는가? 아니면 동양의 고대 사상가처럼 모든 원자의 성질은 하나의 영원한 도덕 법칙에 의해서 만들어졌으며, 나아가 어떤 성질은 '네 가지 무한한 감정'을 나타내기 때문에 그 자체로서 신성하다고 과감하게 주장해야 하는 걸까……? 도대체 우리는 어떻게 판단해야 하는 걸까? 인간이라는 종이 결국에는 소멸하도록 운명 지어진 바에야, 우리에게 최고의 감정이 신성함이라는 걸 우리가 알고 있다 하더라도 그게 무슨 소용이란 말인가? 모성애가 인류에게 가장 거룩한 지고의 사랑이라 하더라도 모성애 자체도 사실은 공허한 게 아닐까?

얼핏 생각하면 인류의 불가피한 소멸이야말로 우리가 상상할 수 있는 비극 중에서 가장 암울한 비극이다. 게다가 이 비극은 끝이 없다! 결국, 지구라는 행성도 언젠가는 소멸할 수밖에 없다. 이 행성을 둘러싼 대기의 푸른 기운은 천천히 줄어들어 이윽고 완전히 사라지리라. 바다는 마르고 흙조차 바닥나서 모래와 돌뿐인 황무지가 끝없이 펼쳐지리. 세계는 바싹 마른 사체가 되리. 그 후에도 당분간 이 지구라는 미라는 태양 주위를 계속 회전할 것이다. 그러나 그것은 밤하늘의 죽은 달이 지금도 지구 주위를 돌고 있는 것과 마찬가지다. 지구의 한쪽 면은 영원히 타오르는 태양에 데워지고, 다른 한쪽 면은 영원히 얼음 같은 암흑 속에 머물 것이다.

그리하여 지구는 두개골처럼 바싹 마르고 텅 빈 채로 계속 회전할 것이다. 해골처럼 색이 바래고, 금이 가서 부서지고, 가루가 될 것이다. 마침내 지구는 불타오르는 태양의 표면에 가까이 다가가고, 태양의 입김이 소용돌이처럼 번개를 치면서 다가오면 순식간에 소멸해 버릴 것이다. 남은 행성도 하나씩 또 하나씩 같은 운명을 겪으리라. 그리고 거대한 태양도 언젠가 사그라들기 시작하리라. ― 최후의 순긴에는 아마도 태양의 색깔이 여러 가지로 변하고 흔들릴지도 모른다. 소멸 직전에는 진홍색이 되어 타오르는 태양의 잔해에 무시무시힌 틈이 생기고, 마침내 어딘가에 존재하는 또 다른 거대한 태양의 장작더미 속에 던져져 구름처럼 흩어지고 안개처럼 사라지리라. 영혼의 꿈, 그

리고 그 꿈의 꿈보다도 더 옅고 허무한 증기로 변해
버릴지니…….

태양계도 이렇게 없어져 버린다면, 우리들의 지나
간 생애의 고달픔은 대체 무슨 의미가 있단 말인가.
무량(無量)의 심연 속으로 소멸의 장소를 기록한 흔적
하나조차 없이 사라져 버린 생애. 그렇다면 모성애에
무슨 가치가 있단 말인가. 수많은 희생과 희망과 기억
— 거룩한 기쁨과 더욱더 거룩한 고통 — 웃음과 눈물
과 순수한 애무 — 셀 수도 없이 많은 신에게 바친 셀
수 없이 많은 열렬한 기도 — 인간적인 친절이 가득했
던 그 세계는 대체 무엇이었단 말인가.

이런 의문과 불안이 동양의 사상가들을 괴롭히는
일은 없다. 서양인이 괴로운 건 주로 옛날부터 내려온
잘못된 사고 습관 때문이다. 서양인이 오랫동안 영혼
(Soul)이라고 불러온 것이 실은 본질(Essence)이 아니
고 하나의 형태(Form)라는 사실을 알게 되는 것이 두
려웠기 때문이다. 형태는 영원히 출현과 소멸을 거듭
한다. 그러나 본질은 실재한다. 실재하는 것은 몇백
만 개의 우주가 소멸해도 없어지지 않는다. 완전한 파
멸, 영원한 죽음 — 이러한 무시무시한 말과 대응하는

것은 영원한 변화의 법칙일 뿐이며 진리가 아니다. 형태는 파도가 밀어닥치다가 부서지는 것과 같이 소멸할 수 있다. 형태는 어느 순간 녹아 버리지만, 바다는 다가왔다가 물러선다. ― 거기에 없어진 것은 아무것도 없다…….

우리가 소멸해서 구름처럼 흩어지고 안개처럼 사라지더라도 인간 생활 속에 한때 있었던 것들의 모든 본질이 ― 모든 존재가 그 각각의 단위로서, 그 모든 친화력, 모든 특성, 그리고 이어져 온 선과 악을 이루는 힘, 수많은 세대에 걸쳐 축적되어온 그 전능한 힘, 종족의 역량을 이룬 그 모든 에너지와 함께 살아남을 것이다. ― 그리고 앞으로도 이들은 셀 수 없을 정도로 많이 결합되고 조직되어 생명과 생각을 만들어낼 것이다.

물론 그 과정에 변이가 생기기도 한다. 존재들 사이의 친화력이 늘어나거나 줄어들면서 변화도 생길 것이다. 우리는 죽은 후 먼지가 되어 셀 수 없을 만큼 많은 다른 세계의 먼지와 섞여 버린다. 그러나 본질 그 자체는 무엇 하나 없어지지 않는다. 우리는 미래 우주를 형성하기 위해서 반드시 우리의 일부분을 유산으로 남기게 된다. ― 그리고 그 실질(substance)에

골동   224

서 또 다른 지성이 서서히 진화 발전하게 된다. 우리가 수없이 소멸해간 세계로부터 우리의 영적 존재를 계승한 것과 마찬가지로 미래의 인류들도 우리뿐만 아니라 지금 존재하고 있는 수백만의 행성으로부터 그들의 영적 존재를 계승할 것이다.

그렇다. 세계의 소멸은 우주의 소멸이라는 차원에서 보자면 생각의 불이 잠깐 꺼지는 정도로 작고 미세한 일에 지나지 않는다. 우리와 같은 운명의 길을 걸어갈 생물이 사는 천체의 수는 하늘에서 반짝이는 별의 숫자를 훨씬 넘을 터이다.

한없이 많은 태양의 불들은 눈에 보이지 않는 몇백만의 생물이 있는 천체와 더불어 또다시 나타나리라. 이 불가사의한 대우주(코스모스)는 스스로 멸하면서 다시 태어난다. 대우주는 영원무궁한 깊이 위에서 별의 운행을 재개하리라. 그리고 영원히 죽음과 맞서 싸우는 사랑은 다시 일어서리. 또다시 새롭고 한없는 고통을 통해 영원히 계속되는 전투를 이어가기 위하여.

어머니의 웃음 빛은 태양이 사라진 뒤에도 살아남아 반짝이리라. ― 어머니의 입맞춤에서 느끼는 떨림은 별들의 떨림보다도 더 오래 남아 있으리라. ― 어머니의 따뜻한 자장가는 아직 진화가 이루어지지 않

은 세계의 요람에서도 계속 들릴 것임이 틀림없다. 一
어머니의 따뜻한 신앙심은 지금과는 다른 세계의 주
인(우리가 사는 이 시간과 다른 시간에 존재하는 신들)에
대한 기도의 열정에 더욱 불을 붙일 것이다.

그리고 어머니의 가슴에서 꿀물이 마를 일은 절대
로 없으리라. 그 감로수. 그 눈과 같이 하얀 물결은 우
리가 지금 바라보는 밤하늘에 걸린 은하수가 이 우주
공간에서 완전히 사라지더라도, 우리 인류보다 더 완
전한 인류를 키우기 위해 계속 흐르고 있을 것이다.

고양이 타마

나는 고양이를 무척 좋아한다. 동서양 여러 나라의 날씨와 계절을 두루 겪으면서, 내가 길러온 다양한 고양이에 관해 두꺼운 책도 한 권 쓸 수 있다고 생각할 정도다.

그러나 이 글은 그런 '고양이 책'이 아니다. 단순히 심리학적인 이유로 타마에 대해 쓴 글일 뿐이다. 내 의자 옆에서 잠들어 있는 암고양이는 아까부터 잠꼬대하며 어떤 특별한 울음소리를 내고 있는데 그 소리가 내 마음을 건드리고 있다. 그것은 암고양이가 새끼 고양이를 향해 내는 울음소리로 부드럽게 떨리는 소리, 즉 순수한 애무의 소리다. 자세히 보니 타마는 지금 누워 있지만 무언가를 잡고서 가만히 있는 자세를 하고 있다. 방금 막 잡은 무언가를 움켜잡으려고 할 때처럼 앞발은 앞으로 쭉 뻗고 진주 같은 발톱을 움직이고 있다.

타마라는 말은 보석(Jewel)이라는 뜻이다. 우리가 타마라고 부르는 이유는 타마가 아름다워서가 아니라 — 실제로 타마는 아름답지만 — 타마라는 여자 이름을 일본에서는 보통 집에서 기르는 고양이에게 붙이기 때문이다. 내가 처음 선물로 받았을 때 타마는 아직 작은 삼색 털 고양이였다. — 이 삼색 털 고양이는 일본에서는 희귀한 종이다. 일본의 어떤 지방에서는 삼색 털 고양이를 재수 좋은 고양이라 여기는데 이 고양이에게 쥐뿐만 아니라 마물도 쫓아내는 힘이 있다고 믿고 있다.

타마는 지금 두 살이다. 타마에게는 외국의 피가 흐르고 있는 것 같다. 보통 일본 고양이보다 우아하고 날씬하다. 그리고 매우 긴 꼬리를 가지고 있다. 일본인의 눈으로 보자면 이것이 타마의 유일한 결점이다. 타마의 선조 중 한 마리는 아마도 도쿠가와 이에야스 시대에 네덜란드나 스페인 배를 타고 일본에 왔을 것이다. 그러나 선조가 어디에서 왔든지 간에 타마의 습성은 일본 고양이와 똑같다. ─ 예를 들면 타마는 쌀밥을 먹는다.

　처음 새끼를 낳았을 때 타마는 정말로 훌륭하게 어미 고양이 노릇을 했다. ─ 자신의 힘과 지혜를 다해서 새끼 고양이들을 돌보았는데, 새끼를 보살피는데 너무나 몰두해서 불쌍하게도 몸이 우스꽝스러울 정도로 말라 버렸다. 타마는 새끼 고양이들에게 몸을 깨끗하게 닦는 방법, ─ 노는 방법, 뛰어오르는 방법, 싸우는 방법이나 ─ 쥐 잡는 방법까지 가르쳤다. 처음에 타마는 새끼들에게 자신의 긴 꼬리를 가지고 놀게 했다. 그러나 나중에는 새끼 고양이를 위해 여기저기서 다른 장난감을 찾아왔다. 들쥐와 집쥐뿐만 아니라 개구리, 도롱뇽, 박쥐까지. 그리고 어떤 날은 타마가 작은 장어까지 물고 왔다. 그 장어는 근처 논에서 잡아온 게 틀림없다.

　나는 해가 지면 서재로 통하는 계단 위에 있는 작은 창을 열어두었다. ─ 그래서 타마가 부엌 지붕을 타고 밖에 나가서 사냥할 수 있노록 했다. 그리고 타마는 어느 날 밤에 그 창을 통해서 커다란 짚신을 하나 물고 왔다. 새끼 고양이들이 장난감으로 가지고 놀 수

있게 하기 위해서다. 어딘가 들판에서 짚신을 찾아내
서 3미터가 넘는 판판한 나무 울타리를 넘어 집 벽을
타고 부엌 지붕까지 올라간 다음, 작은 창틀을 빠져나
와 계단까지 가져온 것이다. 거기에서 어미 고양이와

새끼 고양이들은 아침까지 시끄럽게 놀았다. 그리고 온 계단을 더럽혔다. 짚신에 흙이 잔뜩 묻어 있었기 때문이다. 처음 새끼를 낳고 타마처럼 행복해하는 고양이는 본 적이 없었다.

그러나 다음번에 새끼를 가졌을 때는 운이 좋지 않았다. 타마는 다른 마을에 사는 친구 고양이들을 찾아가는 버릇이 생겼다. 그 마을은 위험할 정도로 멀리 떨어져 있었다. 어느 날 밤, 타마는 그리로 가는 도중에 누군가 난폭한 자로부터 공격을 받아 상처를 입었다. 타마는 몸도 쇠약해지고 정신도 반쯤 나간 상태가 되어 우리에게 돌아왔다. 그리고 새끼들을 모두 사산했다. 나는 타마도 죽는 것이 아닌가 하고 걱정했지만, 다행히 타마는 금방 원기를 회복했다. ― 그러나 타마는 그 후로부터 ― 새끼 고양이들을 잃어버린 슬픔 때문에 무척이나 괴로워했다.

동물의 기억은 몇몇 상대적 경험에 대해서는 기묘할 정도로 약하고 희미하다. 그러나 동물의 유기적 기억―수십억이라는 셀 수 없는 생명을 거쳐 축적된 종류의 기억―은 인간과는 비교할 수 없을 정도로 선명하고 여간해서는 틀리지 않는다……. 어미 고양이가

골동

물에 빠진 새끼 고양이를 소생시키는 놀랄만한 솜씨를 보면 알 수 있다. 처음으로 위험한 적 ― 예를 들면 독사 ―을 만난 고양이가 따로 배운 적이 없는 능력으로 상황을 대처하는 모습을 봐도 알 수 있다. 고양이가 작은 동물의 습성을 완전히 파악하고, ― 약초를 알아내고, 먹이를 덮치거나 싸울 때 여러 가지 전략을 쓴다는 걸 생각해 보라. 실제로 고양이가 가지고 있는 지식은 대단하다. 그리고 고양이는 그 지식을 모두 완벽하게, 또는 거의 완벽하게 알고 있다. 그러나 이런 지식은 본능적인 것이다. 다행히도 고양이는 현재 생활의 고통에 대해서는 기억력이 매우 안 좋다.

타마는 자기 새끼들이 죽었다는 사실을 분명하게 기억하지는 못했다. 타마는 아직 어딘가에 자기 새끼들이 살아 있을 거라고 믿고 있다. 그래서 새끼 고양이들을 마당에 묻고 나서도 한참 동안 여러 곳을 기웃거리며 새끼들을 부르고 찾아다녔다. 새끼가 없어졌다고 친구들에게 투덜거리기도 하는 것 같았다. 나에게도 옷장이나 선반을 닥치는 대로 ― 몇 번이나 ― 열게 하고서 새끼 고양이가 우리 집에 없다는 것을 확인시켜 달라고 했다.

이제 타마는 자기가 찾아다녀도 더는 어쩔 수 없다는 사실을 겨우 안 것 같다. 그래도 타마는 꿈속에서 여전히 새끼들과 함께 놀고 있다. 지금도 잠꼬대를 하면서 애무하는 듯한 울음소리를 낸다. 그리고 새끼들을 위해 작은 환상을 붙잡으려고 하고 있다. ― 아마도 타마는 기억의 희미한 창을 통해 꿈과 환상 속에서 찾은 짚신을 새끼 고양이들에게 가져다 주려고 애쓰고 있는 듯하다…….

한밤중에

어둡고 춥고 조용하다. ─ 끔찍하게 어둡고 몸서리치게 조용해서 내 몸을 만져보며 아직 내 몸이 제대로 있는지 확인한다. 또 주위를 손으로 더듬어서 내가 땅속에 있는 건 아닌지 확인한다. ─ 빛도 소리도 닿지 않는 지하에 영원히 파묻힌 건 아닌 것 같다……. 시계가 3시를 쳤다! 괜찮다. 나는 다시 해를 볼 수 있다.

적어도 한 번은. 아니, 어쩌면 앞으로 몇천 번이라도. 나는 해를 볼 수 있을 것이다. 하지만 언젠가는 해가 뜨지 않는 밤이 온다. ─ 어떤 소리로도 깨울 수 없는 조용한 밤이.

확실하다. 지금 내가 여기 존재한다는 사실만큼이나 이 사실 또한 확실하다.

골동

이토록 확실한 사실은 아무것도 없다. 이성은 현혹된다. 감정은 현혹된다. 감각은 현혹된다. 그러나 언젠가는 해가 뜨지 않는 밤이 온다는 사실은 확실한 지식이고 거기에는 어떠한 거짓도 없다.

물질과 영혼의 실재, 인간의 신앙, 그리고 신들을 의심할 수는 있다. ― 올바름과 사악함, 우정과 사랑, 아름다움과 공포의 존재도 충분히 의심할 수 있다. ― 그러나 언제나 단 하나 의심할 수 없는 것이 우리에게 남는다. ― 무한하고 앞이 보이지 않고 캄캄한 밤이 확실하게 남아 있다.

그 밤은 ― 생물의 눈에도 하늘의 눈에도 ― 모든 것들에게 똑같이 운명 지어진 암흑이다. ― 벌레와 인간에게도, 개미집과 도시에도, 인류와 지구에도, 태양계와 은하계에도. 이 우주에 있는 모든 것들은 멸망과 소멸과 망각을 피할 수 없다.

이 사실을 떠올리지 않으려고 인간이 제아무리 노력한다 한들 전부 헛수고일 뿐이다. 오래전부터 이 헛됨을 가리기 위해 종교와 신앙이 짜 맞춘 베일은 이제 영원히 찢어진 채로 남아 있을 것이다. ― 그리고 우리 눈앞에는 저승이 숨김없이 드러나 보인다. ― 그 무엇도 이 파멸을 감출 수 없다.

    나는 내가 분명히 존재한다고 믿는 것처럼 언젠가는 내가 존재하지 않으리라는 사실도 확실하게 믿어야 한다. ― 공포다. 무섭다……. 그러나 ―

    '나는 내가 정말로 존재한다고 믿어야 하는 걸까?'

＊

그렇게 자문하자 어둠이 내 주위에서 벽처럼 일어
섰다. 그리고 어둠은 말했다.

"나는 그냥 그림자다. 나는 금방 지나가리라. 그러
나 진짜 암흑이 찾아오면 그 암흑은 결코 지나가지 않
으리라.

나는 단지 그림자일 뿐이다. 내 안에는 빛이 있고,
— 수억 개의 태양이 빛나고 있다. 내 안에는 소리가
있다. 그러나 진짜 암흑이 도래하면 빛은 없어지고 소
리도 사라진다. 어떠한 별도 떠오르지 않고 아무런 희
망도 없을 것이다.

그러나 네 머리 위에서는 아직 앞으로도 몇백만 년
동안 태양이 빛날 것이며, — 세상에는 따뜻함과 젊음
과 사랑과 기쁨이 있으리라……. 하늘과 바다는 푸르
게 펼쳐지고, — 여름꽃은 향기롭고, — 풀 위와 숲속
에서는 지저귐이 들려온다. — 그림자는 흔들리고 빛
은 반짝거린다. — 물과 소녀들의 행복한 웃음소리가
들린다. 그러나 진짜 암흑이 네게 덮치면, — 차갑고
눈먼 불행들이 네 주위에서 기어 나오리라."

내가 대답했다.

"그런 생각이 나를 지금 겁먹게 해. 그러나 이건 내가 지금 막 잠에서 깨서 놀랐기 때문이야. 머리가 깨끗하게 맑아지면 두렵지 않겠지. 이 공포는 단순한 동물적 공포야⋯⋯. 두려움은 이미 지나가고 있어. 나는 죽음은 꿈이 없는 휴식 ― 즉 기쁜 감각도 없으며 고통스러운 감각도 없는 잠 같은 거라고 생각해."

그러자 어둠이 속삭였다.

"감각이란 무엇이냐?"

내가 대답을 못 하자 어둠이 내 위에 올라타서 나를 짓누르며 말했다.

"너는 감각이 무엇인지 모르느냐? 그런 네가 어떻게 말할 수 있느냐. 먼지가 되어 버린 네가 ― 분자로 분해된 네 육체와 원자로 변한 네 영혼에 고통이 있는지 없는지 어떻게 네가 말할 수 있느냐⋯⋯? 원자란 ― 도대체 무엇이냐?"

여기서 내가 또다시 대답하지 못하자 어둠이 나를 거대한 피라미드처럼 더욱 세게 짓눌렀다. 그리고 조롱하듯이 나에게 속삭였다.

"원자의 척력이란? 인력이란? 원자의 무서운 밀착과 도약이란⋯⋯? 이것들이 다 무엇이냐⋯⋯? 다 타 버린 생명의 정열인가? ― 만족할 줄 모르는 욕망의 분노인가? ─ 끝없는 증오의 광란인가? ─ 영원한 고통의 광기……? 너는 모르느냐? 그러면서도 이제 다시는 고통이 없다고?"

여기서 나는 이 비웃는 자에게 소리쳤다,

"나는 잠에서 깼다. ─ 눈을 떴다. ─ 완전히 잠에서 깼다. 나는 이제 두렵지 않다. ─ 나는 기억한다……! 내가 이제까지 해온 모든 일이 하나하나 쌓여 지금의 내가 만들어졌다. 시간이 시작되기 이전부터 나는 존재했다. ─ 그리고 영겁회귀의 굴레를 벗어나서도 나는 계속 존재할 것이다. 수백만 가지 형태로 나타난 내 모습들은 단지 파도에 지나지 않는다. 나의 본질은 바다다. 해안이 없는 바다가 바로 나다. ─ 의심도 공포도 고통도 바다의 수면 위를 그저 잠깐 스치는 어슴푸레한 어둠에 지나지 않는다…….

잠이 들면 나는 시간의 환영을 본다. 그러나 잠에서 깨면 시간이 흘러도 변하지 않는 나 자신을 알게 된다. 나는 형태도 없고 이름도 없는 생명과 하나이며, 시작하고 끝나는 모든 것들과 하나다. ─ 나는 무덤과 무덤을 만드는 자와도 하나이며 ─ 시체와 시체를 먹는 자와도 하나다……."

*

참새가 지붕에서 지저귄다. 그 소리를 듣고 다른 한 마리가 함께 지저귄다. 어둠이 천천히 밝아지며 사물의 모습이 부드럽고 어슴푸레한 회색빛 속에서 하나하나 뚜렷하게 드러난다. — 도시가 잠을 깨는 소곤거림이 내 귀에 들리고, 그 속삭임이 점점 더 커지고 점점 더 다양해진다. 그리고 어렴풋하게 보이던 것들이 붉은빛으로 물든다. —

그러자 아름답고 성스러운 태양이 떠오른다. 강력한 힘으로 모든 생물을 성장시키고 부패시키는 태양. — 그 태양은 무한한 생명의 숭고한 상징이며 또한 나의 힘이기도 하다!

풀종다리

한 치의 벌레에도 닷 푼의 영혼

— 일본 속담

그 벌레 바구니는 높이가 딱 두 치, 폭이 한 치 반이
다. 나무로 만든 작은 회전문은 간신히 내 새끼손가락
이 들어갈까 말까 한 크기다. 그러나 벌레에게는 그
바구니도 충분히 넓다. ― 걷고, 뛰어오르고, 날아다
닐 수도 있다. 왜냐면 벌레가 무척 작아서 얇은 갈색
망 사이로 뚫어지게 보지 않으면 잘 보이지도 않기 때
문이다. 힝상 볕이 잘 드는 장소에서 바구니를 여러
번 돌려가며 봐야 겨우 벌레가 어디에 있는지 알 수
있다. 벌레는 대체로 천장 귀퉁이 어딘가에 거꾸로 매

달려 있다.

크기가 모기만 한 귀뚜라미라고 생각하면 된다. ─ 자기 몸보다 훨씬 긴 두 개의 더듬이는 매우 가늘어서 밝은 곳에서 봐야만 겨우 보인다. 이 벌레가 풀종다리, 영어 이름은 'Grass-Lark'이다. 야시장에서 무려 12센트에 팔린다. 바꿔 말하면 같은 무게의 금보다 비싸다. 이 작은 벌레 한 마리가 12센트나 한다……!

매일 아침, 먹이로 신선한 가지나 오이를 얇게 잘라서 벌레 바구니에 넣어 주어야 한다. 풀종다리는 먹이를 열심히 먹고 있을 때 빼고는 낮에는 대부분 잠들어 있거나 생각에 잠겨 있다……. 풀종다리에게 깨끗한 장소를 마련해 주고 꾸준히 먹이를 주는 일은 꽤 힘든 일이다. 만약 당신이 풀종다리를 본다면 이런 우스울 정도로 작은 생물을 위해서 애쓰는 일은 바보 같은 짓이라고 생각하리라.

그러나 풀종다리의 아주 작은 영혼은 항상 해가 질 무렵에 깨어난다. 그리고 부드럽고 섬세하며 말할 수 없이 달콤한 음악으로 방안을 채우기 시작한다 ─세상에서 가장 작은 전종(電鐘)이라고나 해야 할까. 가냘픈 종소리가 물결이 일렁이듯이 잔잔하게 방안에 퍼진다. 땅거미가 깊어지면 그 소리는 더욱 달콤해진다. ― 그 소리는 때때로 마력 같은 울림으로 집 전체가 떨리는 것처럼 느껴질 때까지 부풀어 오른다. ― 또 때로는 우리가 상상할 수 있는 가장 희미한 소리처럼 가늘어지기도 한다. 크든 작든 그 소리는 기묘하리만치 속속들이 스며들어 날마다 색다른 음색을 들려준다……. 이 미물은 밤새도록 이렇게 노래한다. 그 노래는 새벽을 알리는 종소리가 절에서 들려올 때가 되어서야 그친다.

풀종다리의 노래는 사랑의 노래다. ― 아직 본 적도 없고 미처 알지도 못하는 상대를 막연하게 연모하는 노래다. 그는 이 현세에서 자기 짝을 볼 수도 없고 알 수도 없다. 아예 불가능하다. 그뿐만이 아니다. 그의 조상들조차도 여러 세대에 걸쳐 그들이 사육장 안에서 밤마다 불렀던 사랑 노래의 가치를 전혀 알지 못했다. 그들은 벌레 가게의 진흙 항아리 안에서 부화했다. 그리고 쭉 벌레 바구니 안에서만 살아왔다. 그러나 그는 아득히 오래전부터 불러왔던 자기 종족의 노래를 부른다. 마치 음표 하나하나의 정확한 의미를 이해하는 것처럼 한 음도 틀리지 않고 노래한다. 물론 그는 그 노래를 배운 적이 없다. 그가 부르는 노래는

골동

유기적 기억의 노래다. ─ 셀 수 없이 많은 선조의 영혼이 한밤중에 나지막한 산속의 이슬 맺힌 풀 위에서 소리 높여 불렀던, 깊고도 어렴풋한 노래다. 이 노래는 풀종다리에게 사랑을 전수하고 ─ 그리고 죽음을 가져왔다. 풀종다리는 죽음에 대해서는 모두 잊었지만 사랑은 기억하고 있다. 그리하여 지금도 저렇게 노래한다. ─ 짝이 될 암컷은 영원히 나타날 리가 없는데도 말이다.

올 리 없는 신부를 향한 갈망은 자기도 모르는 사이에 과거를 회상하는 노래가 된다. 풀종다리는 먼지가 된 과거에 대해서 외친다. 옛날을 되돌리려고 침묵에 말을 걸고 신들에게 호소한다…… 사랑에 빠진 인간들도 무심결에 이와 똑같은 일을 되풀이한다. 인간은 자신의 가슴에 그린 환상을 '이상'이라고 부르지만, 인간의 '이상'이란 어차피 종족 체험의 일개 그림자일 뿐, 결국 유기적 기억의 환상에 지나지 않는다. 살아 있는 현재는 그런 이상과는 정말로 거의 관계가 없다…… 아마 이 풀종다리에게도 이상이 있을 것이다. 아니면, 적어도 이상의 조짐은 있을 것이다. 어쨌든 이 작은 벌레는 자기의 갈망을 계속 노래해야 한다. 그 노래가 아무리 헛되고 애처롭더라도 말이다.

그 잘못이 모조리 내 탓은 아니다. 풀종다리를 사기 전에 '암컷과 짝짓기를 하면 풀종다리는 울지 않게 되고 곧 죽어 버립니다'라고 가게에서 주의를 줬다. 하지만 매일 밤 응답을 기대할 수 없는 풀종다리의 구슬프고 달콤한 울음소리를 듣고 있으면 나는 내가 비난받고 있다는 느낌이 들었다. ─ 그런 느낌에 사로잡히기 시작하자 고통스럽고 양심이 켕겼다. 그래서 결국 나는 암컷을 사기로 했다. 그러나 계절이 이미 지나버렸다. 수컷이든 암컷이든 풀종다리는 이제 팔지 않았다. 벌레 장수가 웃으면서 말했다.

"손님이 가져간 풀종다리는 아마 9월 20일쯤 죽었을 텐데요."

(그때는 이미 10월 2일이었다.) 그러나 상인은 내가 서재에 좋은 스토브를 놓고 실온을 항상 섭씨 24도 이상으로 유지한다는 사실을 몰랐다. 그런 까닭에 내 풀종다리는 12월이 코앞인데도 아직도 울고 있다. 대한 때까지 살리고 싶다. 그러나 같은 세대의 풀종다리는 이미 전부 죽어 버렸을 것이다. 아무리 애를 써도 이제 이 수컷에게 짝짓기 상대를 찾아 줄 수는 없다. 혼자 힘으로 짝을 찾을 수 있게끔 풀종다리를 놓아줄 수도 없다. 이 미물이 운 좋게 마당의 개미, 지네, 땅거

골동

미 같은 그들의 천적으로부터 벗어나더라도 추위 때문에 하룻밤도 살아남기 어렵기 때문이다.

*

어젯밤 — 11월 29일 — 책상에 앉아 있었는데 묘한 기분이 들었다. 방이 텅 빈 것 같았다. 그제야 풀종다리가 평소와 달리 울지 않는다는 사실을 알았다. 벌레 바구니를 열어보니 잿빛으로 딱딱하게 말라비틀어진 가지 옆에 풀종다리가 죽어 있었다. 지난 사나흘 동안 먹이를 한 번도 안 준 게 분명했다. 그러나 죽기 전날 밤까지도 풀종다리는 아주 멋진 소리로 울고 있었다. — 어리석게도 나는 풀종다리가 평소보다 더 활기차게 울어댄다고 생각했다.

벌레를 좋아하는 내 조수 아키가 풀종다리에게 항상 먹이를 주고 있었다. 그런데 아키는 일주일간 휴가를 받아서 시골에 내려갔다. 아키가 없는 동안 벌레는 하녀인 하나가 맡기로 했다. 이 하녀는 사람이 세심하지 못한 편이다. 하나는 자기가 벌레 먹이를 잊고 있었던 건 아니라고 했다. — 가지를 먹이려고 했는데, 가지가 이미 철이 지나 이제 시장에 나오지 않았다는 것이다. 그러면 그 대신에 양파나 오이를 썰어 주면 되는데 그걸 생각 못 한 것이다……. 나는 하녀인 하나를 꾸짖었다. 하나는 솔직하게 잘못을 인정하고 사과했다. 그러나 이제 요정의 음악은 들리지 않고 적막감이 나를 책망한다. 스토브는 타고 있는데 방안은 으슬으슬하다.

바보 같은 이야기다……. 보리쌀 반 정도 크기도 안 되는 하잘것없는 벌레 때문에 착한 여자를 가엾게 만들어 버렸다. 풀종다리의 죽음은 나를 생각 이상으로 자책에 빠뜨렸다……. 다른 생명체의 소망에 대해서 — 그것이 귀뚜라미의 소망일지라도 — 항상 그들의 입장에서 생각하는 습관 때문에 나도 모르는 사이에 작은 벌레의 일을 내 일처럼 생각해 버렸다. 풀종다리가 죽자 비로소 내가 풀종다리에게 애착을 갖고 있었다는 것을 알게 되었다. 나는 조용한 밤에 들리는 풀종다리의 섬세한 소리에 꽤 매력을 느끼고 있었다. — 그 작은 벌레는 나만을 의지하는 덧없는 생명이었다. 내 의지, 내 이기적인 기쁨이 저 벌레에는 마치 하느님의 은총과 같았으리라. — 풀종다리의 노래는 존재의 거대한 바다의 깊이에서 보면 작은 바구니 안의 미

세한 영혼과 내 안의 미세한 영혼이 똑같은 하나라는
사실을 알려 주었다……. 그러나 지금 생각해 보니 저
작은 벌레는 며칠 전부터 밤낮으로 굶주리고 목말라
하고 있었다. 풀종다리를 지키는 수호신이었어야 할

나는 내 꿈을 실현하기 위해 창작에만 몰두하고 있었다……. 그럼에도 풀종다리는 아주 담대하게 마지막까지 노래하기를 그치지 않았다. ─ 잔혹하기 그지없었던 마지막까지. 그는 끝내 자기 다리를 먹어 버렸다! 신들이여, 우리 모두를 용서하소서. ─ 특히 하녀 하나를 용서하시기를.

그러나 굶주림을 참지 못하고 흉측하게 자신의 다리를 먹어치우는 일은 노래의 천분을 타고난 생물이 마주칠 수 있는 최악의 사태는 아니다. 이 세상에는 노래를 부르기 위해 스스로 자신의 심장을 먹지 않으면 안 되는, 인간의 모습을 한 귀뚜라미도 있다.

골동

꿈을 먹고 사는 짐승

짧은 밤이여!

바쿠의 꿈 먹을 짬

조차 없어라!

— 옛 일본의 사랑 노래

이 짐승의 이름은 '바쿠(獏)'라고 하며 '시로키나카쓰카미(하얀 표범)'라고도 한다. 사람의 꿈을 믹는 것이 특성이다. 책마다 이 짐승에 관한 묘사는 가지각색인데, 내가 소장하고 있는 고서에는 수컷 바쿠는 몸은 말, 얼굴은 사자, 코와 어금니는 코끼리, 앞머리는 무소, 꼬리는 암소, 다리는 호랑이의 모습이라고 기록되

어 있다. 암컷 바쿠는 수컷과는 모습이 매우 다르다고
하나 어떻게 다른지는 확실하게 적혀 있지 않다.

　옛 중국의 문물을 숭상하던 시대에는 바쿠를 그린
족자가 일본 집에 많이 걸려 있었다. 이런 그림에는
진짜 바쿠와 같은 자비로운 공덕이 있다고 믿었기 때
문이다. 내가 소장하고 있는 고서에는 이런 풍습에 얽
힌 이야기가 한 편 실려 있다.

꿈을 먹고 사는 짐승　　　255

『섭세록(涉世錄)』에 의하면 황제(黃帝)가 동해 지방을 순행하며 사냥을 하고 있을 때 짐승의 모습을 하고 인간의 말을 하는 바쿠와 만났다. 황제는 말했다.

"세상이 평온하고 태평한데 왜 우리는 아직도 요괴를 보는 것인가. 악령 퇴치에 바쿠가 필요하다면 바쿠 그림을 집에 거는 것이 좋지 않겠는가. 그러면 불길한 일이 생겨도 악귀가 나쁜 짓을 할 수 없을 것이다."

그리고 불길한 징조를 열거하고 악귀들의 이름을 써 놓았다.

닭이 부드러운 알을 낳았을 때는 귀신의 이름을 대부(大扶)라고 한다.

두 마리의 뱀이 서로 얽혀 있을 때는 귀신의 이름을 신통(神通)이라고 한다.

개가 귀를 뒤로 젖히고 다닐 때는 귀신의 이름을 태양(太陽)이라고 한다.

여우가 사람의 목소리로 말할 때는 귀신의 이름을 회주(懷珠)라고 한다.

피가 사람의 옷에 묻었을 때는 귀신의 이름을 유기(遊幾)라고 한다.

골동   256

밥 시루가 사람의 소리를 낼 때는 귀신의 이름을 흠녀(欽女)라고 한다.

밤에 꾼 꿈이 불길할 때에는 귀신의 이름을 임월(臨月)이라고 한다…….

그리고 그 고서에는 이런 말이 덧붙여져 있다.

불길한 일이 생기면 바쿠의 이름을 불러라. 그러면 그 악령은 당장 지하 세 척 밑으로 떨어져 멸하리라.

그러나 이런 불길한 징조들에 대해서 내가 말할 자격이 있다고는 생각하지 않는다. 이런 징조들은 중국 마물의 세계라는 무서운 미지의 영역에 속하는 일들이기 때문이다. 그리고 이런 일들은 일본의 바쿠 이야기와도 별로 관계가 없다. 일본의 바쿠는 보통 꿈을 먹고 사는 짐승이라고만 알려져 있다. 이러한 바쿠 숭배와 관련해서 가장 주목할 만한 사실은 다이묘 제후의 칠기 목침에는 바쿠라는 한자가 금칠로 쓰여 있었다는 것이다. 사람들은 이 글자의 공덕 덕분에 이 글자가 적힌 베개를 베고 자면 악몽을 꾸지 않는다고 믿어왔다. 최근에는 이런 베개를 찾아보기가 굉장히 힘들어졌다. 심지어 바쿠(때로는 '하쿠타쿠'라고 불린다.) 그림도 매우 희귀해졌다. 하지만 아직도 서민들의 입에서는 "바쿠 먹어라, 바쿠 먹어라"라는 예부터 내려오는 말이 불쑥 튀어나올 때가 있다. 바쿠에게 부탁해서 자신의 나쁜 꿈을 먹어 달라는 기원이다……. 악몽에 시달리거나 흉몽을 꾸다가 잠에서 깼을 때 당신은 재빨리 이 주문을 세 번 외워야 한다. ─ 그러면 바쿠가 그 꿈을 먹어치워서 당신에게 닥칠 불행과 불안을 행운과 행복으로 바꿔 주리라.

*

내가 마지막으로 바쿠를 본 날은 한여름 가장 뜨거운 날이었다.[57] 몹시 무더운 밤이었다. 나는 무서운 꿈에서 막 깨어났다. 새벽 한두 시 무렵이었다. 바쿠가 난데없이 창문으로 들어와서 내게 물었다.

"뭔가 제가 먹을 게 있습니까?"

나는 고마운 마음이 들어 대답했다.

"물론입니다. 바쿠 님 제 이야기를 들어주세요. ─
저는 흰 벽으로 둘러싸인 커다란 방에 서 있었습니다. 방에는 램프가 몇 개 타오르고 있었습니다. 그런데 아무것도 깔려 있지 않은 그 방바닥 어디에도 제 그림자가 없었습니다. ― 그리고 그 방에서 저는 철 침대 위에 누워 있는 제 시체를 보았습니다. 제가 왜 죽었는지, 언제 죽었는지는 기억이 안 납니다. 여섯이나 일곱 명쯤 되는 여자들이 침대 주변에 서 있었습니다. 모두 제가 모르는 사람들이었습니다. 젊지도 않고 나이 들지도 않은 여자들이 하나같이 검은 옷을 입고 있었습니다. 저는 그녀들을 감시자라고 생각했습니다. 그녀들은 꼼짝도 하지 않고 가만히 앉아 있었습니다. 방에는 아무런 소리도 들리지 않았습니다. 왜 그런지는 모르겠지만 밤이 꽤 깊어진 것 같았습니다.

그러자 그 순간에 저는 방 안의 분위기에서 말로 표현하기 어려운 무엇인가를 느꼈습니다. ― 제 의지를 무겁게 짓누르는 무언가를. 눈에는 보이지 않지만, 저를 마비시키는 그 힘은 서서히 더 강해졌습니다. 그러자 감시자들이 슬그머니 서로 얼굴을 쳐다보았습니다. 한눈에도 그녀들이 겁먹고 있다는 걸 알 수 있었습니다. 갑자기 한 여자가 조용히 일어나서 방을 나갔습니다. 다른 여자가 그 뒤를 따랐습니다. 그리고 또 다른 여자가. 그렇게 한 사람씩 차례차례 그림자처럼 연이어 모두 방을 떠났습니다. 결국 방에는 저와 제 시체만 단둘이 남겨졌습니다.

램프는 아직 밝게 타고 있었습니다. 그러나 공기 중의 공포는 점점 더 짙어졌습니다. 그 공포를 느끼자마자 감시자들은 서둘러 방을 빠져나간 겁니다. 그래도 저는 아직 도망칠 시간이 있다고 믿었습니다. — '나는 아직 괜찮아.' 그 순간 저는 견딜 수 있을 때까지 견뎌보자고 생각했습니다. 무서운 것일수록 더욱 보고 싶어 하는 심정으로 저는 그곳에 머물렀습니다. 저는 제 시체를 자세히 살펴보고 싶었습니다……. 제 시체 옆으로 바짝 다가가서 관찰했습니다. 그리고 깜짝 놀랐습니다. — 왜냐면 제 몸이 너무나 길었기 때문입니다. — 부자연스러울 정도로 아주 길었습니다…….

그때 저는 제 시체의 한쪽 눈꺼풀이 실룩샐룩 움직이는 걸 보았습니다. 눈꺼풀이 움직이듯이 보였던 건 램프 불이 떨렸기 때문일지도 모릅니다. 저는 제 시체를 더 가까이 보기 위해 조심스럽게 몸을 굽혔습니다. 제 시체가 갑자기 눈을 뜰까 봐 무서웠기 때문입니다.

'이건 나 자신이야.' 저는 허리를 구부리면서 생각했습니다. — '그런데도 괴상하게 변해가고 있어…….' 얼굴이 길게 늘어나기 시작했습니다……. '이건 내가 아니야.', 여전히 몸을 굽힌 채로 저는 다시 생각했습니다. ― '하지만 다른 사람일 리 없잖아'. 저는 더욱 무서워졌습니다. 금방이라도 제 시체가 눈을 뜰 것 같아서 말도 안 나올 정도로 무서웠습니다…….

그러자 제 시체가 불현듯 눈을 떴습니다! ― 끔찍할 정도로 무시무시한 눈빛이었습니다. ― 그리고 제 시체는 침대에서 벌떡 일어나 뛰어오르더니 저에게 꽉 들러붙었습니다. ― 신음을 내면서 제 살을 물어뜯고 제 몸을 갈기갈기 찢으려고 했습니다. 아, 저는 공포에 떨면서 저항해 싸웠습니다. 그러나 그 시체의 눈빛과 신음과 감촉이 저를 구역질 나게 만들었습니다. 너무 혐오스러워서 미쳐 버린 저는 제 몸이 산산조각이 났다고 생각했습니다. 그때 ― 어찌 된 일인지 모르겠지만 ― 제 손에는 도끼가 들려 있었습니다. 저는 그 도끼로 제 시체를 마구 내리쳤습니다. ― 쪼개고, 깨부수고, 으스러뜨려서 가루로 만들어 버렸습니다. ― 마침내 제 눈앞에 놓여 있는 건 원래 모습을 알아볼 수 없는, 오싹하고 악취를 내뿜는 ― 저 자신의 끔찍한 잔해였습니다.

― 바쿠 먹어라, 바쿠 먹어라, 바쿠 먹어라, 아, 바쿠여, 이 꿈을 먹어 주십시오.”

“아니, 그건 안 됩니다.”

바쿠가 대답했다.

　"저는 좋은 꿈은 절대 먹지 않습니다. 그건 매우 경사스러운 꿈입니다. ─ 대길(大吉)의 꿈이지요……. 도끼라고요? 그래요, 그건 묘법(妙法)의 도끼입니다. 그걸로 자아의 괴물이 깨끗이 퇴치되었습니다……. 당신이 꾼 꿈은 최고의 꿈입니다. 친구여, 저는 부처님의 귀한 가르침을 믿습니다."

　그리고 바쿠는 창밖으로 나갔다. 나는 바쿠를 배웅했다. ─ 바쿠는 달빛이 몇 리나 길게 이어진 기와 위를 미끄러지듯 날아갔다. ─ 지붕에서 또 다른 지붕으로 소리 없이 뛰어오르는 ─ 커다란 고양이 같은 그 모습을 나는 멍하니 지켜보고만 있을 뿐이었다…….

각 장의 주

1부 오래된 이야기

1   생령의 모습은 그것이 들러붙은 사람에게만 보인다.

2   메쓰케는 지방의 행정관, 사법관을 감찰하는 일을 맡은 정부의 관 헌이며 회계감사도 담당하였다.

3   일본에서는 죽은 자를 관 속에 앉은 자세로 안치했다. 이 좌관은 대부분 사각형이다.

4   (역자 주) 아귀도에 빠진 중생을 위해 음식을 베푸는 법회. 특정 선 조에 대한 공양이 아니라 널리 모든 혼령에 대해 베푸는 법회다. 일본에서는 중세 이후부터 전쟁, 재해, 기근 등으로 억울하게 죽은 사람들을 위한 법회를 올려왔다.

5   (역자 주)솔도파는 묘지에 비석 대신에 세우는 나무판자이다. 고대 인도의 유골을 안치하는 탑인 스투파에서 유래한 것으로 알려져 있다.

6   지역의 영주, 행정과 치안판사 업무를 담당했다.

7   (역자 주) 일본 각지에서 전하는 우라시마 타로(浦島太郎)의 용궁 설화를 말한다. 어느 날, 우라시마 타로라는 젊은 어부가 낚시를 하던 중 아이들이 거북이 한 마리를 괴롭히고 있는 것을 발견하고 구해 주었다. 다음 날, 거대한 거북이가 그에게 나타나 그가 구해 준 거북이가 용왕의 딸이며, 용왕이 그에게 감사하고 싶어 한다고 말했다. 타로는 용궁성에 가서 용왕과 공주를 만났다. 타로가 그곳 에서 공주와 함께 며칠간 머무른 뒤 마을로 돌아와 보니 이미 300 년이 지난 후였고 아는 사람은 아무도 없었다. 슬픔에 잠겨 용궁을 떠날 때 공주가 어떤 일이 있어도 절대 열어보지 말라며 준 상자를 열어보니 그 안에서 하얀 구름이 뿜어져 나오더니 타로는 백발노 인이 되어 버렸다.

2부 그리 오래되지 않은 이야기

1 (역자 주) 5-7-5-7-7의 31자로 된 일본의 단가(短歌), 시. 화가(和歌)라고도 한다

2 앞집 남자는 아내를 여읜 남자를 위해 중매를 섰다. "아직 결혼할 준비가 되어 있지 않았습니다"라는 아버지의 대답은 딸을 시집보내기 위해 필요한 옷, 가구 등의 혼수가 아직 준비되지 않았다는 뜻이다. 이에 대해 "이번 경우는 아무 준비도 필요 없습니다"라고 말한 것은 남자 쪽은 여자의 지참금이 없어도 신부로 맞을 의향이 있다는 것을 나타내고 있다.

3 아버지는 분명히 운세 책을 보거나 점쟁이에게 물어봤을 것이다. 두 사람의 마음이 맞는다고 아버지가 말 한 이유는 그 이외에는 달리 설명할 수가 없다.

   (역자 주) 여자는 29세의 칠적금이고 남자는 아홉 살 연상의 같은 칠적금이라서 아버지는 궁합이 좋다고 판단했을 것이다.(칠적금은 태어 난 해에 따라 아홉 개로 나누어서 보는 운세 중에 일곱 번째 해에 해당하는 운세이다. 중국에서 유래된 점술이며, 사주팔자와 달리 태어 난 달과 날은 보지 않는다.)

4 일본의 점술은 길과 흉을 다음과 같이 부르고 표시한다.

   ◑ 센카쓰(先勝) - 오전은 길하고 오후는 흉하다

   ◉ 토모비키(友引) - 아침과 밤은 길하고 오후는 흉하다.

   ◐ 센뿌(先負) - 오전은 흉하고 오후는 길하다.

   ● 부쓰메쓰(佛滅) - 모두 흉하다.

   ○ 다이안(大安) - 모두 길하다.

   ◉ 샷코(赤口) - 대흉. 오시(午時)만 길하다.

5 이 말도 점쟁이에게 물어보았다는 것을 시사하고 있다.

6 (역자 주) 삼삼구도(三三九度)는 신랑, 신부가 하나의 잔으로 술을 세 번씩 마시고, 세 개의 잔으로 합게 아홉 번 마시며 부부의 인연을 맺는 일본 결혼식 혼례 의례.

7 원문은 '아이가사(合傘)'. '아이가사'는 정말 재미있는 말이다. 영어의 accord 또는 harmonize를 뜻하는 동사 '아우(合;au)'와 명사 '가

사(傘;gasa)'로 된 단어이다. 한 우산을 두 사람, 특히 연인끼리 같이 쓰는 것을 말한다. '아이가사'는 'an umbrella-of-loving-accord' 라고 번역할 수 있을 것이다. 가게에서 우산을 빌려서 남편과 같이 쓰고 있는 모습을 아는 사람들이 볼까 봐 불안해하는 아내의 마음을 이해하기 위해서는 당시 일본에서는 공공장소에서 부부가 나란히 걸어가는 것이 천박한 행동으로 여겨졌다는 것을 알아야 한다. 이처럼 한 우산을 쓰고 걸어가는 신혼부부는 놀림의 대상이 되었다. 마음 약한 신혼의 아내는 그런 놀림을 받는 것이 매우 부끄러웠을 것이다.

8 센소지 절은 아사쿠사 관음사를 말한다. 도쿄에서 가장 유명하고 사람들이 많이 찾는 절이다.

9 텐진사마는 오쿠보 근처에 있다. 이 신사는 나무가 울창하다.

10 절에서 종교적인 축제 기간에만 비불을 일반인에게 공개하는 것을 말한다.

(역자 주) 소가 형제는 가마쿠라 막부 시대인 12세기 형제 무사이다. 1193년 아버지의 원수를 갚은 것으로 유명하다.

11 로쿠모노 요세는 여러 가지 예능물을 섞어 상연하는 공연장이다.

(역자 주) 요세는 도시 지역의 작은 공연장이다. 주로 코단(講談), 라쿠고(落語)와 그 밖의 잡다한 여러 예능, 기예물을 보여 주던 곳이다. 코단, 라쿠고는 직업적 이야기꾼들이 여러 이야기를 부채 등의 소품을 쓰면서 일인다역으로 재미있게 풀어나간다. 코단은 전투 이야기 등 역사물이 주를 이루었으며 라쿠고는 주로 코믹한 내용이 많았다.

12 이요가스리는 시코쿠 지방의 이요가에서 만드는 짙은 감색의 면직물이다. 군데군데 허옇게 쓸린 것 같은 무늬를 낸다.

13 가나자와테이는 요쓰야 지역에 있는 공연장이며 하리마다이유는 유명한 이야기꾼이다. 여러 극 중 인물의 성대모사 등을 잘한 것으로 유명하다.

14 일본 악기인 샤미센(三味線) 반주에 맞추어 가락을 붙여 엮어 나가는 이야기이다.

15 이 여인은 '지진, 화재, 벼락, 그믐날, 기근, 병이 없는 나라로 간다'

는 불교의 속언에 대해서 말하고 있다.

16 하치만 신사는 우시고메 지역의 동네신(우지가미)이다.

17 마쓰마에야 고로베라는 유명한 쌀 상인을 다른 연극이다.

18 시오가마사마는 여성이 순산을 기원하는 신인 시오가마다이묘진(塩竈大明神)이며 시오가마신사는 일본 전국 거의 모든 곳에 있다.

19 (역자 주) 四十七士: 47인의 무사는 1703년 주군의 원수 저택을 습격하여 원수를 갚고 죽은 무사들이다.

20 불교 속담에서 유래한 일본 속담 "Ureshiki ma wa wazuka nite, kanashimi to henzuru; umareru mono wa kanarazu shizu".

21 아이를 잃은 엄마가 읊은 노래이다. 노래를 읊는 것은 슬픔을 참기 위한 도덕적 훈련이며 자기 규율이다.

22 패랭이꽃은 보통 시와 노래에서 사랑스러운 아이를 의미한다.

23 연극 구경이 단순히 오락을 위한 것이라고 추측해서는 안 된다. 여인은 힘든 일을 잊기 위해 연극을 보러 갔고 아마도 이는 남편이 권했을 것이다. 오쿠보 히코자에몬은 도쿠가와 이에야스를 모신 고위 무사였다. 지혜롭고 인정 있는 충신으로 많은 이야기가 문학 작품이나 연극으로 전해져 내려오고 있다.

24 절구는 일 년에 다섯 번 있는 축일이다. 5절구는 정월 7일(人日), 3월 3일(上巳), 5월 5일(端午), 7월 7일(七夕), 9월 9일(重陽)이다. (역자 주) 계절이 바뀌는 시점으로도 여기며 에도 시대에 막부가 공식적인 행사일 또는 축제일로 정했다.

25 텐구(천궁:天宮)는 불교와 신도가 혼합된 신앙이었으며 현재는 신도 신앙에 속한다. 질병을 치료하는 데 영험이 있는 것으로 알려졌다. 도쿄의 스이텐구는 니혼바시 근처에 있다.

26 1898년 4월 10일은 제국의 수도를 교토에서 도쿄로 옮긴 30주년 기념일로서 그 축전이 열렸다.

27 다이묘 행렬은 봉건시대의 다이묘들이 가신과 하인을 거느리고 엄숙하게 대열을 맞춰 여행하는 모습을 재현한 행렬을 말한다. 메이지 이전 시대의 실물 갑옷, 의복, 무기 등을 구경할 수 있었다.

28 아기가 태어나고 7일째 되는 저녁에 여는 축하연, 초대된 친척, 지인들이 아기에게 작은 선물을 하는 풍습이 있다.

29 태어난 여자아이가 처음 맞이하는 명절(첫 3월 3일).

30 선물은 전부 장난감이고 이런 날에 어울리는 물건들이다.

31 십만억토는 서쪽에 있는 불교의 극락정토이며 아미타불 천국이다.

32 '전생에서부터 약하고 성겼을 것'이라는 말은 전생부터 내려온 인연(Karma-relation)을 상징적으로 씨줄 날줄로 짠 직물이라고 보고 있음을 말해 준다. 이 여인은 아이를 잃은 것을 전생에 범한 과오의 필연적 결과라고 믿고 있다.

33 기다유는 일종의 뮤지컬 드라마다. 여러 판본이 존재하며, 여기에 언급된 미야기노와 시노부의 이야기는 동반 자살한 자매의 비애를 그린 이야기이다. 일본어 원문

34 일본어판에는 구어체로 씌어 있다. "아이가 부모보다 먼저 간다"는 말은 일본에서 흔히 쓰이는 표현으로, 아이가 부모보다 먼저 죽는다는 뜻이다.

35 '만일의 경우'(unexpected matter)는 '사망'을 완곡하게 표현한 것이다.

36 이 하이쿠는 "Having awakened, all joy flees and fades; - it was only a dream of Spring" "눈을 떠보니 모든 기쁨은 덧없이 사라진다. 그저 봄 꿈이었다"라고도 풀이할 수 있다. '깨다'는 동사는 '자각하다', '바래다(퇴색하다)'라는 두 가지 의미로도 해석할 수 있다. 마찬가지로 '덧없다'라는 말도 상황에 따라 '덧없이 사라져간다', 또는 '희망도 없고 비참하다'는 이중의 의미로 읽을 수 있다.

37 원문은 '이칠일(二七日)'이다. '첫 칠일'은 사망일로부터 7일간을 가리킨다.

38 (역자 주) 본명은 타이라노 토키고(平時子). 헤이케 가문의 지도자였던 타이라노 키요모리(1181년 열병으로 사망)의 처, 단노우라 전투에서 헤이케 가문이 패하자 외손자인 안토쿠 천황을 껴안고 바다로 뛰어들었다.

39 와타세 교수는 존스 홉킨스 대학 출신이다. 이 원고가 작성된 이후에 반딧불이에 대한 일본어 강연이 한 권의 멋진 책으로 출판되었다. 한밤중 버드나무 가지에 앉아 있는 반딧불이를 그린 채색 삽화만으로도 책값을 지불할 가치가 충분한 책이다.

40   음력 4월 20일. 작년 1901년은 양력으로 6월 10일이었다.

41   햇불은 영어 bonfire로 번역할 수 있다. 여기서는 제례 등을 위해서
     마을 입구나 집 문 앞에 장작불을 피우는 것을 말한다. 오봉 축제
     (음력 8월 15일)에는 일본의 많은 지방에서 혼령이 돌아오는 것을
     맞이하기 위해서 불을 피운다.

42   (역자 주) 선종의 일파인 보화종(普化宗)의 승려. 머리를 기르며 반
     승 반속의 생활을 한다. 삿갓을 깊숙이 쓰고 퉁소를 불고 탁발하면
     서 각지를 돌아다니며 수행한다.

43   (역자 주) 일본어로 은하수는 '아마노가와(天の川 또는 天の河: 하
     늘 강)'라고 한다.

44   이 하이쿠의 작가는 연회에 초대된 손님으로 보인다. 연회 도중에
     반딧불이를 마당에 풀어 놓고서 손님들이 그 모습을 보며 즐기는
     모습이다.

45   이 하이쿠는 밝은 촛불처럼 반딧불이가 손가락을 반투명으로 비추
     는 모습을 노래했다. 장밋빛을 띤 손가락이라는 이미지는 작가가
     여성이라는 것을 나타내고 있다.

46   이 하이쿠의 화자는 여성이라고 생각된다. 누군가 어둠 속에서 그
     녀에게 사랑을 속삭이고 있다. 여자는 남자가 진심인지 어떤지 반
     신반의하고 있다.

47   『풍월집(風月集)』에 있는 이 시의 화자는 여성이다. 소리도 없이
     빛나는 반딧불이에 빗대어 여성은 자신의 비밀스러운 사랑을 노래
     하고 있다.

48   『고금화가집원경(古今和歌集遠鏡)』에 수록된 시이다. 이 시의 화
     자도 여성으로 생각된다.

49   이 하이쿠를 영어로 번역하기는 매우 어렵다. '풍취'(일본어는 '風
     情')라는 말은 사용법에 따라 미묘한 유머를 포함하고 있다. 겸손한
     것처럼 보이면서도 한편으로는 상대에게 잘 보이도록 부단히 신경
     쓰고 있는 모습이다.

50   아귀는 산스크리트어로 'preta'이다. 아귀도(餓鬼道)라는 굶주림의
     세계에서 괴로워하는 망령이다.

51   (역자 주) 죽어서 천국에 가지 못하고 흰 나방으로 환생한 아내를

시인인 남편이 모르고 잡아 죽이는 상황을 묘사한 시(詩)다.

52 『정법염처경(正法念處經)』에서 뽑아서 번역하였다. 이 아귀도에 관한 놀랄만한 묘사를 전부 번역하면 독자들은 기분이 몹시 나빠질 것이다.

53 나무의 정령(樹靈)에 대해서는 다음 이야기가 전형적이다.

오미 지역 에치가와 마을에 사는 사쓰마 시치자에몬이라는 사무라이의 집 정원에 매우 오래된 팽나무가 있었다(팽나무는 보통 귀신 들린 나무라고 한다). 아주 옛날부터 그 집의 선조들은 이 나무의 가지를 치거나 잎을 따지 않도록 주의해왔다. 그러나 어느 날 매우 고집이 센 사람인 시치자에몬이 팽나무를 베겠다고 했다.

다음 날 밤, 시치자에몬의 어머니 꿈에 괴물이 나타나서 만약 팽나무를 베면 그 집 사람들이 모두 죽을 것이라고 했다. 이 경고를 시치자에몬에게 전하자 그는 웃기만 하면서 상대도 하지 않았다. 그리고 사람을 시켜서 나무를 베어 버렸다. 나무가 쓰러지자마자 시치자에몬은 갑자기 발광하여 며칠 동안 수시로 '나무! 나무! 나무!'라고 사납게 소리를 질렀다. 마치 손이 뻗쳐오는 것처럼 가지가 뻗쳐 와서 자신을 찢어 버리려고 한다고 말했다. 그는 그 상태로 죽었다. 그가 죽자마자 시치자에몬의 아내가 나무가 자신을 죽이려한다고 외치면서 미쳐갔다. 그녀도 공포에 미쳐서 죽었다. 그 집 사람들은 하인을 포함해서 차례차례 모두 미쳐서 죽었다. 그 뒤로 그 집은 거주자 없이 방치되었다. 아무도 그 집 정원에 들어가려고 하지 않았다.

이 사건이 일어나기 전에 출가했던 사쓰마 가문의 딸이 지쿤이라는 이름으로 야마시로의 절에 살고 있다는 사실을 마을 사람들이 알게 되었다. 비구니가 된 딸은 마을 사람들의 간청에 의해 마을로 돌아와 그의 집에 다시 살게 되었다.

이 비구니는 죽을 때까지 그 집에 살면서 매일매일 나무의 정령에게 기도를 올렸다. 이 비구니가 집에 살면서부터 팽나무의 혼령은 말썽을 일으키지 않게 되었다. 이 이야기는 슌교라는 승려가 전해준 것으로 슌교 자신은 비구니에게 직접 들었다고 한다.

54 소금쟁이는 수생 곤충이며 영어로 'skater'라고 부르는 곤충과 아주

많이 닮았다. 일본의 어떤 지역에는 남자아이가 수영을 잘하고 싶으면 소금쟁이의 다리를 먹어야 한다는 속설이 있다.

55 단카(檀家) 또는 단케라고도 하며, 어느 절에 속하여 보시하는 속세의 가정을 말한다. 신도의 신사를 유지하기 위하여 지속해서 협력하는 자는 우지코(氏子)라고 한다.

56 원래 표현은 더 강했다. '아, 그거요, 그건 부처(호토케)가 온 거예요.' 일본어로 부처(호토케)는 부처님을 의미하며, 이 경우처럼 죽은 사람의 혼을 뜻하기도 한다.

57 (역자 주) 원문은 'Period of Greatest Heat'이다. 일본에서 제일 덥다고 하는 입추 18일 전의 도요(土用, 한국의 복날과 비슷한 개념) 날을 가리키는 것으로 추측된다.

역자 후기

이 책은 고이즈미 야쿠모[小泉八雲, Lafcadio Hearn (1850~1904)]의 대표작 『골동(骨董, Kotto)』을 번역한 책입니다. 고이즈미 야쿠모는 그리스에서 태어나 영국을 거쳐 미국 국적을 취득하고 일본으로 귀화해서 일본에서 생을 마친 신비의 작가입니다.

고이즈미 야쿠모가 일본에 도착한 1890년은 일본이 근대국가의 모습을 완성할 즈음입니다. 일본은 1889년에 헌법을 제정하고 1890년에는 의회를 개설하였습니다. 이 과정에서 일본은 많은 외국인 전문가를 초빙합니다. 주로 서양인이었던 이들 전문가는 산업, 기술뿐만 아니라 정치, 외교, 문학, 예술 등 거의 모든 분야에 망라되어 있었으며 장관급 이상의 연봉을 받았다고 합니다. 이들은 일본 사회의 발전에 기여했을 뿐만 아니라 일본을 해외에 소개하는 데도 큰 역할을 하게 됩니다.

일본의 예술을 재발견한 것도 이 사람들이었습니다. 도쿄대학에서 정치, 철학, 경제학을 가르치던 어니스트 페놀로사는 당시 일본인들이 하찮게 여기던 불교 미술을 높게 평가하여 일본인들이 자국의 예술에 대해서 눈을 뜨게 만들기도 하였습니다. 이로 인해 그는 "일본 예술의 은인"이라고 불리기도 합니다.

누구든 자신의 모습은 스스로 잘 보지 못하게 마련입니다. 일본 전통 판화 '우키요에'는 당초 일본이 도자기를 수출할 때 이것을 싸던 포장지로 쓰였습니다. 그런데 서양인들은 도자기보다 이 포장지에 더 큰 관심을 가지게 되며 고흐의 그림에도 영향을 미칩니다. 이로 인해 일본에서도 우키요에가 재평가됩니다.

문학 분야에서는 고이즈미 야쿠모가 이런 역할을 하였습니다. 일본의 대표적인 괴담 중의 하나인 「귀 없는 호이치」는 야쿠모가 발굴하여 스토리를 입혀 다시 구성한 것입니다. 현재 일본인들이 알고 있는 이 괴담은 야쿠모에 의해서 되살아난 이야기입니다.

『골동기담집』은 그의 수많은 저작 중에서도 가장 문학성 짙은 최고의 작품입니다. 그는 어떤 평론이나 고매한 문장을 남기는 것보다 한 편의 뛰어난 단편소설을 쓰는 것이 더욱 영속적인 가치를 지닌다고 믿었습니다. 『골동기담집』에 실린 짧은 괴담들(그중에서도 「유령폭포의 전설」, 「찻잔 속」, 「상식」은 특히 걸작입니다.)은 모두 읽는 사람의 마음에 깊은 울림을 줍니다. 우선, 가장 짧은 작품인 「일상사」를 소개하겠습니다.

작가에게 가끔 찾아오는 한 노승이 있었습니다. 이 노승은 매우 회의적인 사람으로서 신도들이 말하는 유령 이야기를 인정하지 않습니다. 그런데 이 노승도 젊은 시절에 딱 한 번 신비한 체험을 했던 적이 있었습니다. 탁발승으로서 산으로 들로 떠돌던 시절 어느 날, 날이 어두워져서 외딴 절에 하룻밤 묵기를 청했던 때의 일입니다. 공교롭게도 그 절 주지 스님은 자리를 비우고 없고 늙은 비구니 혼자 절을 지키고 있었습니다. 주지 스님은 몇 리 떨어진 마을에 초상이 나서 이레 동안 불사를 치르러 갔다는 것이었습니다. 그 비구니는 주지가 절을 비웠을 때는 아무도 들일 수 없다고 말합니다. 지친 탁발승은 먹을 것은 안 줘도 괜찮으니 잠자리만이라도 제공해 달라고 부탁합니다. 겨우 허락받은 잠자리가 법당의 불단 옆. 그곳에 이부자리를 깔고 탁발승은 잠이 들었습니다. 그런데 심야에 누군가 목탁을 치면서 염불하는 소리에 잠에서 깼습니다. 누가 캄캄한 어둠 속에서 독경을 하는지 이상하다고 생각했습니다만, 아마 주지 스님이 돌아온 것이겠지 하고 생각하며 다시 잠듭니다. 다음 날 아침 비구니에게 그 일을 묻자, "아니요. 주지 스님은 돌아오지 않았고, 그것은 신도"라고 답합니다. "신도라니요?" 하고 묻자 비구니는 "아, 그건 죽은 영혼이에요. 신도가 죽으면 항상 그런 일이 있어요. 영혼이 목탁을 두드려 염불하는 겁니다"라고 늘 있는 일처럼 말하는 게 아닙니까.

정말 있을 수도 있다는 생각이 드는 이야기가 사실은 더 무섭습니다. 괴담은 고이즈미 야쿠모가 가장 잘 쓰는 분야인데, 낭만적인 마음을 가진 사람만이 쓸 수 있는 특별한 재능이 필요한 장르입니다. 야쿠모는 괴담을 집필하는 중에는 마치 무엇에 쓴 사람처럼 몰입해서 자신이 꼭 괴담의 주인공 같았다고 합니다. 어쨌든 이 세상 이야기가 아닌 비합리적인 세계의 이야기를 냉정하게, 그러나 문학적 격조를 잃지 않고 그려내는 건 참 어려운 일입니다.

『골동』 중에서 가장 긴 이야기인 「어느 여인의 일기」는 실제 생존했던 여인의 일기를 옮겨 적은 글입니다. 이 글은 메이지 시대 말기에 살았던 한 여인의 가식 없는 일상의 기록을 넘어 당대 일본 여성의 보편적인 삶을 아름답고 슬프게 그려내고 있습니다. 또

한 「고양이 타마」에 나오는 고양이 타마의 가엾은 삶은 고양이를 좋아하는 야쿠모의 모습을 잘 보여줍니다. 타마는 처음 새끼를 낳았을 때 새끼고양이들의 장난감으로 밖에서 들쥐와 개구리, 도마뱀을 잡아 왔습니다. 어디선가 낡은 짚신을 물고 와 아침까지 어미와 새끼가 시끌벅적하게 논 적도 있습니다.

사실은 「어느 여인의 일기」도, 자신이 기르던 고양이에 관한 기록도 야쿠모가 가지고 있던 독창적인 운명론의 방증입니다. 야쿠모는 한 민족의 경험은 끈끈하고 짙게 그 민족의 핏속에 이어져 내려온다고 믿었습니다. 일본 여성의 순종성, 이 세상의 고난이 모두 전생에 저지른 잘못이라는 관념, 무사 무욕의 애정이 개인적인 특성이 아니라 집합적 경험이 축적되어서 나오는 표현이라는 것입니다. 이런 숙명론은 어떤 민족의 독자성을 존중한다는 장점이 있지만, 한편으로는 다른 문화를 이해 불가능한 타자로 간주할 수 있기에 자칫 인종주의를 불러올 수 있다는 단점도 있습니다. 또, 인간의 보편성보다 특수성이 강조되면 개인적 선호가 곧잘 민족적 증오로 바뀌기도 합니다. 야쿠모가 가졌던 이런 생각들이 그의 일본에 대한 애증의 변화무쌍함을 잘 반영하고 있는지도 모릅니다.

그러나 야쿠모가 가졌던 강한 확신, 즉 일본은 독창적인 나라이고 서양 사람들은 일본을 결코 이해할 수 없다는 생각은 그가 50세를 지나 심장병 때문에 항상 죽음을 의식하지 않을 수 없게 되었을 때부터 바뀌기 시작합니다. 그리고 이 변화는 자신의 인생을 매듭짓게 하는 하나의 화두가 됩니다. 이 책『골동기 담집』에 수록된「이슬 한 방울」,「몽상」,「아귀」같은 단편에서 야쿠모는 일본인의 운명을 인류 일반의 운명으로 전환하고 있습니다. 그것은 '모든 삶이 결국 죽음으로 끝나는 운명이라면 모든 인간의 인생이 공허하지 않은가'라는 질문에서 시작됩니다. 신을 믿지 않는 자에게 죽음이란 끔찍하게 두려운 무(無)가 아닌가? 그리고 인류가 축적한 모든 가치, 인류의 가장 아름다운 자산인 모성애조차도 지구와 인류의 멸망과 함께 영원의 무(無)로 돌아가는 것이 아닌가?

고이즈미 야쿠모는 다음과 같은 생각으로 그런 허무주의에서 벗어났습니다. 우리의 핏속, 살 속, 마음속에는 지금까지 내려온 전 인류의 경험과 감정의 총체가 살아있다. 아니 인류뿐 아니리 물고기나 짐승이나 작은 벌레의 하찮은 삶조차 이 지구라는 세계가 변화하고 성장하며 진화하는 무대의 주인공이다. 그래서 각자의 삶을 살아온 우리의 경험은 다시 어딘가에서 살아나고, 또 언젠가 어디에서 누군가의 자양분이 될 것이다. 또 우리는 매미나 하루살이로 모습을 바꾸어서 또 다른 일생을 화려하게 살아갈 것이다. "상실은 없다. 왜냐면 어떤 자아도 사라지지 않기 때문이다. 어떤 모습으로라도 당신은 존재했었다. 어떤 모습이라도 지금 당신은 존재한다. 어떤 모습이라도 당신은 존재할 것이다." 그리고 야쿠모는 지구의 멸망조차 두려워할 필요가 없다고 말합니다. 우주에는 무수한 별과 행성이 있고, 거기에는 인류와 같은 생물도 생겨나고 있을 것이라고. 지구는 많은 별의 생명 속에서 계속 살아있을 것이라고.

고이즈미 야쿠모의 이러한 달관은 그를 죽음의 공포로부터 구원한 듯합니다. 인간은 죽어서도 살 수 있다. 죽음은 오래도록 계속되는 잠과 같다. 그리고 다음 생에 나는 매미나 하루살이로 태어나고 싶다. 그 짧은 생을 다만 열정적으로 살다가 죽고 싶다.

야쿠모는 방랑의 작가라고 알려졌지만, 실은 세상 어디에서도 자기 자리를 찾지 못하고 정착하자마자 도망가고 싶어 하는 사내, 매우 강한 자아의 소유자

였던 것 같습니다. 동료나 친구와 자주 싸우고 헤어
졌던 일화를 봐도 자존심이 상하면 참지 못했던, 열
등감과 우월감이 극단적으로 어우러진 사람이었던
것 같습니다.

야쿠모는 태어나자마자 이내 어머니로부터 버림
을 받은 사람입니다. 그 다음번에 맡겨졌던 친척으로
부터도 내팽개쳐집니다. 애정에 굶주린 영혼은 어떤
사람이나 어떤 문화에 쉽게 빠져 버리는 경향이 있다
고 합니다. 그만큼 자신이 사랑했던 대상에 대한 실
망도 빠르고 클지 모릅니다. 야쿠모는 이런 성격을
안고 세상을 살아갔으니 얼마나 힘들었을까요? 하지
만 상처받기 쉬운 야쿠모의 마음은 먼 나라에서 하나
의 맑은 영혼과 마주쳤습니다.

일본의 저명한 시인 하기와라 사쿠타로가 쓴 「고
이즈미 야쿠모의 가정생활」은 야쿠모와 그 아내 세
츠 두 사람의 천생의 행운이라고밖에 말할 수 없는
만남과 부부 생활에 대해 감동적으로 이야기하고 있
습니다. 고이즈미 세츠는 야쿠모의 인생에서 처음으
로 만난 자신을 전적으로 조건 없이 사랑해 주는 여
성이었습니다. 이 만남은 어린 시절 어머니에게 버림
받은 고독한 남자에게 얼마나 고마운 선물이었을까

요? 이 만남의 힘은 이 도저히 말릴 수 없는 보헤미안을 일본에 정착시키고, 처자(妻子)를 위해 미국 국적을 포기할 정도로 강했습니다. 그는 자신이 정착한 새로운 세계와 그곳의 거주자들을 마음 깊이 사랑했습니다.

부인 고이즈미 세츠의 책 『추억의 기록』은 남편의 성실하고 따뜻한 마음에 대한 감사로 가득 차 있습니다. 야쿠모가 버려져 비에 흠뻑 젖은 고양이를 옷이 더러워지는 것도 개의치 않고 품에 품었을 때, 그는 거기서 자신의 운명과 똑같은 무언가를 발견했을지도 모릅니다.

세츠는 또 남편을 위해 헌책방에서 책을 사 모아서 재미있는 일본의 이야기를 가득 전했습니다. 어느 날, 세츠는 남편에게서 『만요슈(万葉集)』의 노래에 대한 질문을 받고 대답할 수가 없어서 자신의 무식함을 울며 한탄했습니다. 야쿠모는 묵묵히 그녀를 자신의 책장 앞으로 이끌고는 자신의 방대한 저작 전집을 보여 주면서 "이 많은 책을 제가 도대체 어떻게 쓸 수 있었다고 생각하세요. 모두 다 당신 덕택에 당신 얘기를 듣고 쓴 것입니다"라고 말했다고 합니다.

종종 심장 발작에 시달리던 야쿠모는 만년에 저술

활동에 몰두하였고, 삼라만상을 사랑하는 박애주의에 기울었습니다. 야쿠모와 세츠 부부는 서로 자주 어젯밤 꾼 꿈 이야기를 했다고 합니다. 야쿠모가 생을 마치기 바로 전날, 야쿠모는 아내에게 자기가 모르는 아주 머나먼 곳을 여행하는 꿈을 꾸었다고 말했습니다. 그리고 부인에게 물었다고 합니다. "꿈속에서 여행하는 내가 진짜 나인가, 아니면 지금 여기 있는 내가 진짜 나인가?"

방랑하는 영혼의 소유자이면서 아내와 가정을 사랑한 남자, "지금 이 슬픈 시인의 영혼은, 죠시가야 계곡의 풀이 우거진 묘지 속에, 한 조각 뼈가 되어 묻혀 있다"고 하기와라 사쿠타로는 글을 맺고 있습니다.

처음 병의 발작이 일어났을 때, 야쿠모는 자신의 운명을 자각하고, 자신의 사후에 처자의 보호와 재산 관리를 친한 친구인 변호사에게 맡기고 마음에 남는 일이 없도록 조치했다. 그리고 아내에게 말했다. "이 아픔, 너무 커. 아마도 나는 죽을 겁니다. 내가 죽어도 울어서는 안 돼요. 작은 병 사세요. 3전이나 4전 정도 해요. 내 뼈 넣기 위한 것. 그리고 시골의 쓸쓸한 절에 묻어 주세요. 슬퍼요. 나 기쁘지 않아요. 당신, 애들과 함께 카드놀이하고 놀아요. 나 정말 그것 기뻐요. 나 죽었다고 알릴 필요 없어요. 만약 사람들이 물어보면 '하아, 그 사람 얼마 전에 죽었습니다. 그걸로 됐습니다.' 말해 주세요." 그리고 뭔가 곤란한 일이 일어나면 법학사 우메 씨에게 상의하라고 일렀다. "그런 슬픈 이야기 하지 마세요. 절대 그런 일 안 일어나요"라고 부인이 말해도, "진지하게 말하는 거예요, 정말요"라고 말하면서 "방법이 없구나!" 하고 죽음을 예감했다. 또 자신이 아직 못다 한 일을 떠올리면서 "인생은 너무 짧구나"라고 몇 번이나 탄식했다.

세계 여러 나라를 떠돌고도 마음의 향수를 달래지 못한 나그네 고이즈미 야쿠모는 마지막으로 또다시 꿈속을 방랑하며 낯선 나라를 여행했다. 지금 이 슬픈 시인의 영혼은, 조시가야 계곡의 풀이 우거진 묘지 속에, 한 조각 뼈가 되어 묻혀 있다.

— 하기와라 사쿠타로 「고이즈미 야쿠모의 가정생활」

이 책의 원전은 『Lafcadio Hearn, *Kottō : being Japanese curios, with sundry cobwebs*』(1902 London: McMillan & Co. Ltd.)입니다. 이 책을 번역할 때 주로 지명이나 등장인물, 시의 운율 등을 대조 확

인하기 위하여 복수의 일본어 번역본을 참조할 경우가 있었습니다. 그러나 영어 원전과 번역본의 표현이나 표기가 다를 때는 영어 원전의 그것을 따랐습니다. 이 책이 한국 최초로 번역되어 소개되는 데 번역자로서 작은 자부심을 느낍니다. 독자 여러분께서 이 책을 통해 우리가 자칫 잃어버렸거나, 잠시 잊고 있을 지도 모르는 동양 문학과 동양적 정신세계의 정수에 흠뻑 빠져보시는 기회가 되었으면 기쁘겠습니다.

마지막으로 이 책은 김유 작가의 권유로 번역하게 되었음을 밝힙니다. 이렇게 소중한 책을 발굴하여 번역할 기회를 준 김유 작가에게 감사드립니다. 특히 본문에 나오는 하이쿠의 번역은 김유 작가에게 힘입은 바 크다는 사실을 밝힙니다. 운율을 맞추고 합당한 어휘를 찾아 주었습니다. 이 책에 실린 하이쿠의 우리말 번역이 제대로 된 모습을 갖추고 있다면 그것은 모두 김유 작가 덕분입니다. 이 자리를 빌려 다시 한번 감사의 인사를 보냅니다.

2019년 6월
녹음이 청청한 와룡산 자락에서
김영배

작가 연보

1850.6.27	그리스 이오니아 제도의 레프카다에서 아일랜드인 영국 육군 군의인 아버지 찰스 부시 헌과 그리스인 키시라섬 출신의 어머니 로자 안토니우 카시 마치의 차남으로 태어나다. 이름은 패트리키오스 레프카디오스(패트릭 라프카디오).
1852. 8.1	어머니와 함께 그리스에서 몰타를 경유해 친가가 있는 더블린에 도착하다. 할머니 엘리자베스의 동생으로서 재산가의 미망인인 사라 브레넌에게 맡겨지다.
1854	아버지가 크림전쟁에 종군하기 위해 더블린을 떠나면서 임신 중이던 어머니가 친정이 있는 키시라섬으로 돌아가다. 사라 브레넌 밑에서 생활하며 가끔 워터퍼드주의 '트라모어'와 메이요주의 '콩'에 방문하다. 동생 제임스가 그리스에서 태어난다.
1857	1월 부모가 이혼하다. 8월, 아버지가 재혼 상대의 알리샤 고슬린 크로퍼드와 그 두 딸과 함께 인도로 부임하다.
1863.9	영국 더럼시 교외의 아서에 있는 가톨릭 고등학교 세인트 카스바트 칼리지(기숙사제)에 입학하다. 엄격한 종교 교육에 반발을 느끼다.
1866	학교에서 친구와 놀이 중에 왼쪽 눈을 다치는 사고를 당해 실명하다. 11월 21일 아버지 찰스가 말라리아에 걸려 귀국 도중 배에서 숨지다(향년 48세).
1867	친척인 헨리 모리느가 투기에 실패, 여기에 투자하던 숙모 사라 브레넌이 파산하며 경제적 이유로 어쇼 칼리지를 중퇴하다.

1869	이민선을 타고 미국으로 가다. 9월 초 뉴욕에 상륙하여 신시내티의 친척을 찾아갔지만 홀대받다. 인쇄점을 운영하는 헨리 왓킨을 만나 일을 배우다. 평생 왓킨을 아버지처럼 흠모하다.
1871	1월, 사라 브레넌 사망. 송금되어야 할 유산 500파운드가 도착하지 않아 친척들과 인연을 끊다.
1872	출판사에서 일하며 글을 계속 쓰다. 11월에는 ≪신시내티 인콰이어러≫ 주필인 존 코카릴에게 문학적 재능을 인정받다.
1874	≪신시내티 인콰이어러≫의 정식 사원이 되다. 6월에 삽화가 파니와 함께 주간지 ≪예 지그램프즈≫를 창간하다. 피혁 제조공장에서 일어난 잔인한 살인사건의 기사를 쓰고 저널리스트로 단번에 이름을 날리다. 동료 기자 헨리 클레빌과 친분을 돈독히 하다.
1875.6.14	아프리카계 미국인인 하숙집 요리사 알리샤 폴리(마티)와 결혼하다. 당시 다른 인종 간 혼인이 불법이었기 때문에 7월 말 ≪신시내티 인콰이어러≫에서 해고되고 ≪신시내티 커머셜≫로 직장을 옮기다.
1877	마티와의 결혼 생활이 끝나다. ≪신시내티 커머셜≫사를 퇴직하고 같은 회사 통신원이 되어 멤피스를 경유해 뉴올리언스에 도착하다. 그 후 ≪데일리 시티 아이템≫지의 준 편집자 직을 얻다.
1878	≪데일리 시티 아이템≫지에서 필명을 날린나. 3월, "뭐든지 5센트"에 파는 작은 식당 '불경기식당'을 개업하지만, 동료가 매출금을 가지고 달아나서 고작 20일 동안 문을 열다.
1881.12	≪다임스-데모크라트≫지의 문예부장으로 초빙되어 편집장 페이지 베이커의 양해 아래 자유로운 주제의 기사를 집필하는 데 전념하다.

골동 284

1882.4	번역집 『클레오파트라의 하룻밤과 그 외의 환상 이야기집』을 자비 출판하다.
1882.12.12.	골프 섬의 병원에서 어머니 로자가 영면한다(향년 58세). 이즈음 엘리자베스 비스랜드가 헌의 기사를 읽고 《타임스-데모크라트》사에 입사하다.
1884.6.27	『이방(異邦) 문학, 남은 이파리』를 출판하다.
1884.12.16	〈면화 100주년 기념 뉴올리언스 만국산업박람회〉가 개막하다.
1885.1~2	박람회에 관한 집필 작업에 몰두하다. 특히 일본관의 전시품에 흥미를 보이고 일본 정부에서 파견된 핫토리 히토미와 만나다.
1885.4	『곤보·제브』, 『크레올 요리』, 『뉴 올리언즈 인근의 역사 스케치와 안내』를 출판하다. 허버트 스펜서의 『제1원리』를 읽고 사상적으로 큰 영향을 받다.
1887.2.24	『중국영이담(中國靈異談)』을 출판하다.
1887.5.31	《타임스-데모크라트》사를 퇴사하다. 7월 카리브해 마르티니크에 취재하러 가서 약 2개월간 체류하다. 10월 2일, 다시 마르티니크에 가서 2년간 머물다.
1889.9.27	소설 『치타』를 출판하다. 동생 제임스 헌으로부터 처음 편지를 받다.
1890.3.11	『프랑스령 서인도 제도에서의 2년』을 출간하다.
1890	밴쿠버에서 일본을 향해 출항하다. 4월 4일 요코하마 항구에 도착하다.
1890.5.12	『유마』를 출판하다.
1890.6	하퍼 출판사에 원성 높은 절연장을 보내다. 7월 19일 시마네현 심상중학교·사범학교와 영어 교사 개인 계약을 맺다. 8월 하순, 부임지 마츠에로 출발하다. 9월, 이즈모다이샤에 참배하다.
1891.1	하루 하오리하카마 차림으로 새해 인사를 다니다.

수발을 들게 하기 위해 고이즈미 세츠를 고용하다. 6
월 22일, 키타보리쵸의 네기시 저택(현재 고이즈미
야쿠모 옛 저택 자리)으로 세츠와 함께 이사하다. 체
임벌린의 소개로 구마모토 제5고등학교로 전근하기
로 결심하고 11월 세츠와 장인 장모를 동반하고 구
마모토로 출발하다.

1893   4월 세츠의 임신을 알고 일본에 귀화할 것을 생각하
다. 11월 17일 장남 카즈오 탄생하다.

1894.1   구마모토 제5고등학교에서 '극동의 장래'를 주제로
강연하다.

1894.9.29   일본에 관한 최초의 저서 『알려진 일본의 모습』(상·
하 2권)을 출판하다.

1894.10.6   고베 ≪크로니클≫사로 전직하기 위해 구마모토를
떠나 고베로 이사 가다.

1895.1.30   고베 ≪크로니클≫사에서 퇴직하다.

1895.3.9.   『동쪽 나라에서』를 출간하다.

1895.12   도쿄제국대학의 토야마 마사카즈(外山正一)가 영문
학 강사로 초빙할 뜻을 전하다.

1896.2.10.   일본인으로 귀화 절차가 완료되고 '고이즈미 야쿠모'
로 개명하다.

1896.3.14.   『마음』을 출간하다.

1896.9.2.   도쿄제국대학 영문학과 강사로 발령이 나다.

1897.2.15.   차남 이와오 탄생하다.

1897.3.15.   니시다 센타로 병사하다(향년 35세).

1897.9.25.   『부처 밭의 이삭』을 출판하다.

1898.8.10.   '하세가와 서점'에서 일본 동화 시리즈 『고양이를 그
린 소년』을 출판하다.

1898.11   카즈오에게 영어 교육을 시작하다.

1898.12.8.   『이국정서와 회고』를 출판하다.

1899.9.26.	『영혼의 일본』을 출판하다.
1899.12.20.	3남 기요시 탄생하다. 이즈음, 일본 괴담 시리즈 ≪귀신 거미≫를 내다.
1900.1.3.	엘리자베스 비스랜드와 펜팔을 재개하다.
1900.3	토야마 마사카즈가 사망하면서 대학 내에서 고립이 되다.
1900.7.24.	『그림자』를 출판하다.
1901.9.24.	차남 이와오를 세츠의 양어머니인 이나가키 토미의 양자로 하고 호적을 옮기다.
1901.10.2.	『일본잡기』를 출판하다.
1902.3.19.	이치가야 토미하사쵸에서 신주쿠 오쿠보로 이사를 하다.
1902.10.22.	『골동』을 출판하다.
1902.11	비스랜드를 통해 미국 코넬대로부터 연속 강의를 의뢰받다.
1903.1.15.	도쿄제국대학으로부터 학장 이노우에 테츠지 명의로 해고 통지를 받다.
1903.3	영문학과 학생 몇 사람이 야쿠모의 유임을 요구하지만 결국 3월 31일 도쿄제국대학 강사직을 사임하다.
1903.9.10.	장녀 스즈코가 탄생하다. 그러나 건강에 불안감을 느끼다. 이즈음, 일본 민담 시리즈 『경단을 잃어버린 할머니』를 출간하다.
1904.2	와세다대학 강사로 초빙되어 3월 9일부터 출근하다.
1904.4.2.	『괴담』을 출판하다.
1904.9	9월 1일 오후 3시 심장 발작이 일어나다. 26일 심장 재발작을 일으켜 오후 8시경 숨을 거두다. 30일 이치가야 토미히사쵸(市谷富久町)의 원융사에서 장례식을 열고 죠시가야의 묘지에 안장되다. 『일본 ─ 하나의 해명』이 출간되다.

골동기담집
아름답고 기이하고 슬픈 옛이야기 스무 편

초판 1쇄 발행	2019년 7월 12일
초판 2쇄 발행	2019년 8월 2일

지은이	고이즈미 야쿠모
옮긴이	김영배
펴낸이	반기훈
편집	반기훈, 서동빈

펴낸곳	㈜허클베리미디어
출판등록	2018년 8월 1일 제 2018-000232호
주소	04092 서울특별시 마포구 신수로29 2층
전화	02-704-0801
홈페이지	www.huckleberrybooks.co.kr
이메일	hbrrmedia@gmail.com

ⓒ ㈜허클베리미디어, 2019
ISBN 979-11-965629-3-9 03830

Printed in Korea.